追い出されたら、何かと上手くいきまして
OIDASARETARA
NANIKATO UMAKU
IKIMASHITE
5
Yukizuka Yuzu
雪塚ゆず
Illustration 福きつね

CHARACTER
スミレ
グラフィール王国からやってきた少女。
薄紫色の瞳を持ち、自分はアレクの
妹だと言い張るけれど……？
アレク
紫の髪と瞳の色を
気味悪がられ、
ムーンオルト家から
追放されてしまった
本作の主人公。
英雄学園でのびのびと
過ごしている。
シオン
アレクの同級生。
優しくて
恥ずかしがり屋。
ユリーカ
アレクの同級生。
成績優秀で、
ライアンのツッコミ役。
ライアン
アレクの同級生で、
元気いっぱいな少年。
勉強は苦手。

エリザベス
（エリーゼ）
アレクの後輩。
人間と吸血鬼の血を引き、
二つの人格を持っている。
ガディ
双子のエルルと
同じく、
SSS ランク冒険者。
エルル
SSS ランクの
凄腕冒険者で、
ガディとは双子。
ウンディーネ
水の精霊。
アレクのことが大好き。
クリア
アレクと契約を
交わした氷の聖霊。
オデット
深海の秘境である
人魚の国の女王。

第一話　暗中模索

十年前、グラフィール王国に、ある一人の少女が生まれた。

彼女は両親の顔も知らず、スラム街に身を置いて生きてきた。

しかし、その少女は特別であった。スラムでは目立つ白銀の髪に、誰も見たことのないような瞳の色。

スラムで暮らして数年が過ぎ、少女は盗みをして捕まった。しかし、異質な瞳の色が彼女を救った。少女は国王の目に留まり、王宮に引き取られたのだ。

それからしばらくして、少女は魔力に目覚め、未来予知の力を得た。すると、次第に少女を信仰する者が増えていった。

しかし、少女の心情は複雑であった。王宮での暮らしは、日に日に苦しくなっていく。

そんなある日、彼女は夢を見た。自分より少し年上に見える、少年の夢だ。

それは紛《まぎ》れもなく予知夢であった。

少年の様々な言動には、目を見張るものがある。何より、その紫の髪と瞳に心が惹《ひ》かれた。

少女は、少年に会いたくなった。

彼は、自分よりもっと特別な存在に違いない。

やがて何度も予知夢を見るうちに、ふいに気づいた。

——少年は、自分の兄であると。

それは、ほとんど直感に等しいものだった。

だが、少女はその直感に従って生きてきたのだ。

待っていて。今から会いに行くから。


「お兄様……！」


少女の名はスミレ。

名前の通り、彼女の瞳はスミレ色に輝いていた。

◆◆◆

髪と瞳の色が気持ち悪いと疎《うと》まれ、英雄ムーンオルト家を追放されたアレク・ムーンオルト。両親が嫌っていた紫の髪と瞳は魔法で金色に変えて、今は「サルト」という姓を名乗り、トリティカーナ王国の英雄学園に通っている。

トリティカーナ国王曰《いわ》く、紫の髪と瞳は、かつて地上最大の危機を救った天使と同じ特徴なのだという。その力を利用しようと画策する者から、狙われる可能性もある。

だから、アレクの正体を知るのは一部の者だけだ。

時折、事件に巻き込まれてしまうこともあるが、双子の兄弟ガディとエルル、同級生のユリーカ、ライアン、シオン達と一緒に、楽しく賑《にぎ》やかな学園生活を過ごしている。

季節はそろそろ冬へと移り、寒さが際立ってきたある日。

初等部二年Aクラスの担任アリーシャが勢いよく教室の扉を開けると、生徒達は盛大に顔をしかめた。

「はいはい、みんな注目ー！　そんな嫌そうな顔しなーい！　先生、泣いちゃう！」

さほど心のこもっていない、泣いちゃう宣言。アリーシャも、生徒達のこの反応には慣れっこなことが窺《うかが》える。

アリーシャの手には、テスト用紙があった。

「予告してた通り、今日はテストです！　筆記テストは七十点以上を取ってね！　じゃないと補習だよ！」

アリーシャは発破をかけるようにそう言い、さっそくテスト用紙を配り始める。

緊張した空気の中、筆記テストが始まった。


「終わった……俺の人生は終わった」

筆記テストが終了し、死んだ魚のような目をして遠くを見つめるライアン。その姿を見て、アレクは苦笑いした。

やはり今回のテストも、ライアンは補習になりそうだ。

「もう俺、勉強向いてねぇよ。うん」

そうつぶやいたライアンに、アレクが声をかける。

「そんなこと言わないで、ライアン。向き不向きはあるけどさ、補習、頑張《がんば》ろう？」

「すでに補習受けること前提かよ……」

アレクの中途半端な慰《なぐさ》めにライアンが項垂《うなだ》れていると、ユリーカとシオンがやってきた。

「テスト、どうだった？」

ユリーカの問いかけに、アレクとライアンが答える。

「まあ、いけたかな」

「俺はムリ。シオンは？」

「わ、私も大丈夫そう……」

「げぇ！　どーせっ、俺だけ補習なんだぁ！」

ユリーカは成績優秀なので、聞くまでもない。頭を抱えるライアンだったが、そろそろ次のテストの項目――魔力測定の時間である。

のんびり話している暇はないのだ。

「ごめんね、ライアン。もう移動しないと」

「うぅ」

四人は、魔力測定が行《おこな》われる体育館へ向かう。

移動中も、引き続き落ち込むライアンに、ユリーカとシオンが慰めの言葉をかける。

「補習、頑張りなさいよ」

「頑張ってね、ライアン」

「……また補習前提。俺が七十点以上取れてると、誰も思わないわけ？」

いや、それはないと思う。

アレク、ユリーカ、シオンの考えは一致したが、三人ともあえてここは口に出さないでおく。

その時、アレクはふと去年のことを思い出し、ある疑問が浮かんだ。

「あのさ、シオン。去年テストを受けた時、みんな慣れてるように見えたんだけど、どうして？

みんな、テストは初めてだったんじゃないの？」

「あっ、それはね。私達、入学式の時にテストを受けてるの。テストを年に二回やるのは、初等部一年生だけなんだけど……二回目だったから、内容もわかってたんだ」

シオンの言葉を聞き、アレクはなるほどと頷《うなず》く。

そうこうしている間に、体育館に到着した。

すでに他の生徒達も集まっていて、測定待ちの列を作っている。四人は、列の最後尾に並んだ。

「俺、もうちっと魔術を使えるようになりたいんだよね！　こう、ぶわーっと」

ライアンがそう言うと、ユリーカも同意する。

「私も。もっと使えるように、魔力が増えてるといいんだけど」

「ユリーカは、今の魔力で充分だろ⁉」

「いや、足りないわよ」

「マジか」

魔力は成長過程において、身長や体重の増加と同様に増えていく。子供時代は、一番伸《の》び代《しろ》があるのだ。

去年の測定からどのくらい増えているか、四人はドキドキしながら順番を待つ。

列は順調に進んでいき、やがてアレク達の番がやってきた。

「はい、次の人ー」

アリーシャに促《うなが》され、まずはシオンが前に出る。

「あの、先生。今年は機械じゃないんですね」

去年とは違い、魔力測定の機械が置かれていない。どうやら人が測るようだ。

シオンの問いかけに、アリーシャは遠い目をしながら答える。

「あー……覚えてる？　去年の魔力測定」

「……あっ」

そこでシオンは、小さく声を上げた。

「お祭しの通り、機械はあんまり信用できない状況になっちゃったの。アレク君はもちろん、ガディ君やエルルさんもいるし。この三人は、大分《だいぶ》規格外だから」

「なるほど……そうだったんですね」

アリーシャの答えを聞き、シオンだけでなく、ユリーカやライアンも納得の表情を浮かべた。

凄《すさ》まじい魔力量に加えて、全属性を持つアレク。

昨年は測定器の故障も疑われ、アレクは結局、王宮に仕えている魔術師に魔力を測定してもらったのだった。

「どうも。私、ベルと申します。よろしくお願いします」

青髪を三つ編みにした、真面目そうな女性が挨拶《あいさつ》をする。昨年、アレクの魔力を測定してくれた魔術師だ。

シオンは、微笑みながらお辞儀をした。

「こちらこそ、よろしくお願いします」

「では、失礼して……」

ベルの指先がシオンの額《ひたい》を掠《かす》める。

「えっと、魔力５０００、属性は風と地と聖ですね」

「去年より２０００も上がってる！」

嬉しそうな表情を浮かべて、シオンは飛び上がった。

ベルはその様子を微笑ましげに見つめながら、次の生徒ライアンに目を向ける。

「よろしくお願いしますっ！」

「はい、測らせていただきます。……魔力４０００。属性は炎、風、闇ですね」

「すげぇ……俺、今までは全然伸びなかったのに、１４００も上がってる」

感動しつつも、信じられないというような様子で、ライアンはつぶやいた。

次の生徒は、ユリーカだ。

「よろしくお願いします」

「では、失礼して……魔力９０００、属性は風、炎、水、聖ですね」

「えっ……そ、そんなに上がったの？」

極端に跳ね上がった魔力に戸惑いながら、ユリーカは横に逸《そ》れる。

そして、ついにアレクの番がやってきた。

「よろしくお願いします……あの、去年もお世話になりました」

「覚えていてくれたんですね、アレク君」

一年ぶりの再会にテンションが上がり、アレクはにっこりと笑った。

ベルはアレクの額にそっと指を当て、小さく息を吐く。

「……魔力、２８００００。全属性です」

「やった！」

無邪気に喜ぶアレク。

「８００００も上がってる」

周りの生徒達は、アレクのことを規格外の存在として認識しているので、特に思うことはない。

いや、強《し》いて言うならば、流石《さすが》はあの双子の弟だと思ったくらいだ。

ちなみに双子の兄ガディと姉エルルの魔力量は、アレクには劣《おと》るものの、技量でねじ伏せてきた彼らだ。そこらの者には負けない。

この最強きょうだい達の猛進《もうしん》は、どこまで続くのか。

途方もないなと感じ、生徒達は考えることをやめたのだった。

◆◆◆

無事、魔力測定は終了し、体力テストへ移る。

運動場にやってきた生徒達は、見慣れない光景に首を傾げた。

「何これ？」

「いろいろ、置いてあるね」

そんな生徒達の疑問に、アリーシャが答える。

「今年から追加されたの。障害が設置されてるでしょ？　どこまで行けるかを試すの」

運動場には小さな池が作られていて、丸太が浮かんでいる。その先にはぶらぶらと揺れるロープが張られ、石が大量に敷き詰められているゾーンもある。踏むと痛そうだ。

完走までのタイムを測るわけではないらしい。どこまで進むことができるかを試されるという時点で、難度は高そうだ。

「誰が一番にやりますか？」

挑発するように問いかけるアリーシャ。

「私がやります」

真っ先に名乗り出たのは、ユリーカであった。

ぐっ、ぐっ、と軽く準備運動をしてから、勢いよく飛び出す。

ユリーカは運動神経が良い。

もしかしたら、難なく完走してしまうかもしれない——生徒達がそう思った矢先のことであった。

つるりと丸太で足を滑らせて、ぼちゃーん！　と池に落下する。

「ユリーカ〜!?」

ずぶ濡れになったユリーカに、シオンが慌てた様子で駆け寄る。

「こんな体力テスト、横暴《おうぼう》だわ」

ユリーカは悔しそうにつぶやく。

「ユリーカ、思いっきり滑ってたな！」

「……」

ライアンの空気を読まない一言にピキリと青筋を浮かべ、ユリーカは彼の腹に拳《こぶし》を一発叩き込む。

「ぐぇぅ⁉」

ライアンはその場にうずくまり、悶《もだ》えた。

「ひ、ひでぇ……」

「自業自得よ」

「さ、次は誰がやる？」

気を取り直して尋ねるアリーシャだが、ユリーカが早々に脱落したこともあり、生徒達は遠慮がちに後ずさる。

「あの……僕、やります！」

アレクが勇気を出して手を挙げた。

「アレク君ね」

「はい！」

ユリーカがあんなにあっさりと終わってしまったのだ。

アレクも気合を入れねばならない。

フゥと息を吐いて、地面を蹴《け》った。

「うわっわ！」

丸太の上で滑りかけるが、何とか堪《こら》える。

この先の足場へ着地するには、丸太の上から池を飛び越える必要がある。

アレクは思い切り飛んだが、僅《わず》かに足りなかったようで——

「あーっ！」

マズい！　と思わず目を瞑《つぶ》る。

しかし、体がフワリと浮遊感に包まれ、気づいた時には足場に着地していた。

「……？」

ジャンプ力が足りず、アレクは確実に池へ落ちるはずだった。

それなのに……事態が呑み込めず、ポカンとしていると、アリーシャの声が聞こえてきた。

「アレク君ー？」

「あっ、ごめんなさい！　先に進みます！」

慌てて走り出したアレクだったが、次の障害で失敗してしまい、リタイアとなったのだった。

◆　◆　◆

「ライアン、凄《すご》いね。完走できるなんて」

「うう、私は一つ目でダメだったよ〜」

ライアンは持ち前の運動神経を活かして完走し、少々運動が苦手なシオンは最初の障害で手詰まりとなってしまった。

ライアンは、意外そうにアレクを見る。

「俺、アレクなら全部いけると思ってたんだけど。去年は、体力テスト一番だっただろ」

「あー……去年はさ、ゴリ押しできるのが多かったじゃん？」

去年のテスト内容は、五十メートル走のタイム測定やボール投げの飛距離測定などだった。

アレクが恥ずかしそうに言う。

「僕、兄様と姉様に鍛《きた》えられてたからさ、そういうのはいけるんだけど……バランス感覚とかあんまりなくて。素《す》で運動神経が凄い！　ってわけじゃないんだ。だから、やったことがないスポーツとかは、あんまり」

「……五十メートル走、五秒台だったよね？」

シオンの確認に、アレクは「うん」と頷く。

「走るのだけはいけるんだ！」

「そうなんだ……」

「まあどちらにせよ、今回の体力テストは俺の勝ちだからな！」

ライアンにそう言われ、アレクは「僕も、他では負けない！」と返す。

と、その時。


「お兄様ー！」


ボフン、と一人の少女がアレクに抱きついた。

アレク達は思わずポカンとした表情を浮かべてしまう。

そんな四人には構わず、抱きついてきた少女はアレクに向かって早口でまくし立てた。

「とってもかっこよかったです！　お兄様はやっぱり素敵ですね！　私、ずっとお兄様に会いたかったんです！　さっき池に落ちそうになった時には、スミレが魔法で助けたんですよ。気づいてくれましたか？」

どういうことだ、お兄様とは。

困惑を隠し切れないアレクに、ユリーカが尋ねる。

「……アレク君、妹いたの？」

「うぇっ？」

アレクは裏返った声を出しつつ、首を横に振った。

「いないはずだけど……」

「私、スミレと申します！」

少女がパッと顔を上げた。

白銀の髪がふわりとなびき、少女の顔が露《あら》わになる。

「えっ」

アレクは、思わず声を上げていた。

少女の瞳がスミレ色だったのだ。

アレクが持つ、本来の瞳の色――美しいその紫を薄く溶かしたような、スミレ色。

「わっ……紫？」

シオンに続けて、ライアンも声を上げる。

「なんだよ、その色！　初めて見たぞ！」

「ちょっと、ライアン。失礼でしょう」

ライアンをたしなめるユリーカの声で、アレクは我に返る。

少女はスミレ色の瞳をキラキラさせ、アレクを見つめて微笑んだ。

「学園長先生に会わせてくださいませ。お願いします！」

◆　◆　◆

「……ううむ、よくわからなかった。すまない、もう一度説明してもらえるかい？」

ユリーカ達とは一度別れ、少女を連れて学園長室を訪れたアレク。

さっそく事情を説明したのだが、学園長はそう繰り返すばかり。

ちなみに今日の学園長は、中肉中背の一般的な男性の姿だ。英雄学園の学園長を務めるフィースは、変身体質のため毎日外見が変わるのだ。

とても学園を治める者に見えないせいか、少女は意外そうな顔をしたが、さほど興味はないらしく追及することはなかった。

なかばパニック状態の学園長を見て、アレクは困ったように言う。

「学園長先生、もう五回目ですよ」

「しかし……その目の色。アレク君と無関係には思えないんだけどね」

アレクにスリスリと顔を擦りつけ、甘えてみせる少女。学園長の表情は深刻げだ。

知らないうちに、どこかで妹が生まれていたのだろうか。アレクはそんなことを考えていた。

「ええと……スミレさんって言ったかな？」

「はい！」

学園長の問いかけに、少女スミレは元気に答える。

「君はどこから来たの？」

「グラフィールからです！」

「グラフィールかぁ」

グラフィールといえば、トリティカーナ王国の第一王女である聖女ミラーナの留学先だ。トリテイカーナ同様、四大王国のうちの一つで、南に位置している。

両国は、距離がかなり離れている。まさか、スミレ一人で来たなんてことはあるまい。

「誰と来たの？」

「従者と来ました！　お兄様に会いたくて……」

「従者さんは？」

「はぐれました！」

学園長はため息をつき、眉間を押さえて俯《うつむ》いた。

「あの、スミレはどうやって学園に入ったの？」

アレクは、気になっていたことを尋ねてみる。

英雄学園は、『門っち』に守られている。人格と言語機能まで備わったこの門は、学園関係者以外を通さない。

「えっと……内緒です！」

しかし、スミレはアレクの問いかけに答える気はないようだった。

「これまた大きな案件だな……」

「学園長先生……」

なんだか申し訳ない気がしてきて、アレクは首をすくめた。

そんな二人を不思議そうに眺めつつ、スミレはハッとしたように、アレクから一度離れた。そして軽やかにお辞儀をする。

「そういえば、ご挨拶がまだでした。はじめまして。アレクお兄様の妹の、スミレと申します」

「……はじめまして。この学園の学園長の、フィースだ。ちなみに、なぜ君はアレク君と兄妹だとわかったんだい？」

「私、未来予知ができるんです」

未来予知。

これまたよくわからない言葉が出てきた、と学園長は頭を悩ませる。

「この力に目覚めたのはまだ幼い頃で、それから私は聖女と崇《あが》められてきたんです」

「聖女……」

「はい。私を神と崇める、ある種の信仰まで存在するみたいで」

これまた予想外の話だ。確かに、この少女は普通の少女とは違う。

神秘的な容姿はもちろんのこと、浮世離《うきよばな》れした雰囲気に、何より服装が独特だ。

ミラーナと同様、シスター服を着ているのだが、より意匠《いしょう》が凝《こ》っていてヒラヒラしている。

これでは、どこへ行っても目立つだろう。

スミレは、一歩前に進み出て言う。

「学園長先生にお願いです。お兄様をグラフィールへ連れて帰ることを許可してください」

「!?」

「……」

流石にそれは了承できない、とアレクは慌ててスミレに言った。

「ちょっとスミレ。帰るも何も、僕の家はここだよ」

「でも……お兄様の力がいつ悪用されるかわかりませんもの」

「悪用って」

「髪と瞳の色。隠していらっしゃいますよね？」

カラーリングで髪と瞳の色を変えていることを言い当てられ、アレクは言葉を詰まらせる。

「なんで知って……」

「未来予知、できるんですよ。お兄様はこのままじゃ幸せになれない。私はお兄様を助けたい」

スミレは歌うように語った。

「私の未来予知の力は、夢のような形で現れるのです。あまり正確な未来は読み取れませんが……お兄様はこの先、絶対に私を妹だと認めます」

「……絶対？」

「はい、絶対です」

ますますスミレという少女の謎が深まる中、学園長室の扉がバン！　と大きな音を立てて開いた。

「どういうことだ、学園長！」

「うわぁ〜〜〜」

嵐の如《ごと》く登場した存在に、学園長は頭を抱えた。本当に、勘弁してほしい。

一方のスミレは、驚いた様子でアレクの腕にしがみついた。

やってきたのは、ガディとエルルである。

この二人が現れたとなると、さらに事態は混迷《こんめい》を極《きわ》める。

「アレクに知らない女が抱きついたって――」

ガディはそこで言葉を止め、ピシリと固まった。エルルも同様である。

双子の視線は、アレク、アレクに抱きつくスミレを捉《とら》えていた。

「……」

「……」

「……どうも」

スミレが小さく頭を下げる。

……逃げよう。学園長は、涙を浮かべつつ腰を上げた。この後の学園長室の惨状《さんじょう》を考えると胸が痛いが、致し方あるまい。

「誰だ、貴様!!」

凄まじい剣幕のガディを意にも介さず、スミレは答える。

「はじめまして。私、アレクお兄様の妹のスミレと申します」

「貴様のような妹はいない！」

「どういうことなの、アレク……！　もしかして兄妹の契《ちぎ》りでも交わしたの？」

エルルに詰め寄られ、アレクは慌てて言葉を返す。

「交わしてないよ！　っていうか、僕もよくわかんない！」

「流されるなよ……！」

そんな状況の中、学園長は出ていってしまった。

これ以上巻き込まれてたまるか、という強い意志を感じる。

アレクは荒ぶる二人を宥《なだ》め、何とか事の顛末《てんまつ》を説明した。

「……っていうことなんだ」

「意味がわからん」

「とりあえず、あのクソと母親からは妹なんて生まれてないわよ」

ガディとエルルは、眉をひそめて言う。

「もちろんですよ。私とお兄様は血が繋がっておりませんし」

スミレ自身も、血が繋がっていないことは理解しているらしい。

そうなると、アレクとスミレの共通点は瞳の色のみだ。

「……その目の色、生まれつき？」

アレクの問いかけに、スミレは答えた。

「はい。生まれつきです」

続けて、ガディが尋ねる。

「お前の親は？」

「両親のことは知りません。顔も覚えていませんから」

物怖《ものお》じすることなく、はっきりと答える少女に、ガディとエルルは感心した。

妹と名乗るからには、アレクよりも幼いはず。しかし、少女の態度は妙に大人びていた。

とはいえ、彼女の妹発言を認めるわけにはいかない。

「貴様は妹などではない」

「そうよ。アレクには妹なんていないわ」

「私、未来予知ができるんですよ。未来でお兄様は、絶対に私を妹と認めます」

胸を張ってそう宣言するスミレに、三人はそれ以上何も言えなかった。

どうすればいいのか、さっぱりわからない。

固まったままでいれば、どこか気まずげな様子で学園長が戻ってきた。

「スミレさん……保護者が来ましたよ」

「スミレ様！　どこへ行ってらっしゃったんですか……！」

学園長の後ろから、スミレの従者が顔を出す。彼の泣きそうな声で、その場は仕切り直しとなった。


儚《はかな》げな見た目にそぐわず、スミレはなかなかに活発な少女らしい。

トリティカーナ王国に到着し、従者が宿を確保している間に、勝手に飛び出して英雄学園へ向かったという。

それほどの行動力があるとは思わなかった従者達は、大変焦り、スミレのことを探し回った。スミレに何かあれば、自国グラフィールに戻り次第、自分達の首が飛んでしまう。

どこにも行かないでくれと泣きながら言う従者に、スミレはそっぽを向いた。

「スミレ。ちゃんと謝らないと」

「お兄様……」

アレクに促され、スミレは不満げにしつつも「すみません……」とつぶやいた。

従者達は少しホッとした表情を浮かべながら、アレクをチラチラと窺っている。

「そして……君達には少々厄介なお知らせだ」

学園長の口から出た厄介な知らせという言葉に、ガディとエルルは顔をしかめる。

「何なんだ」

「グラフィールの国王から、マストール……トリティカーナ国王に連絡があった。一週間、スミレさんを学園に滞在させ、アレク君のそばに置いてほしいと」

「はあっ⁉」

どういうことだと詰め寄る二人に、学園長は説明を続ける。

「スミレさんの社会勉強のためだそうだ。それと、アレク君に会いたいとずっと訴えていたらしくてな……一週間だけでも、一緒に過ごさせてやってくれと」

「そんな無茶な」

「スミレさんの滅多《めった》にないワガママらしい。トリティカーナ国王も了承している。だから、彼女を英雄学園に体験入学させようと思う」

「……信じられない」

愛しい弟に擦り寄る小さな存在に、嫉妬《しっと》やら何やらで複雑な心境の双子だった。

二人はチラリとアレクを盗み見る。アレクとスミレは、すでに打ち解けているようにも見えた。

アレクによく似たスミレの瞳の色が、そう見せているのだろうか。

「スミレさんには、寮の客室に滞在して……」

「お兄様と一緒がいいです！」

学園長の言葉を遮《さえぎ》るように、スミレが言う。

「……わかった。アレク君と同室のリリーナさんとティールさんは、卒業試験に向けて勉強中だ。邪魔をしては悪いから、しばらくの間、アレク君も客室で過ごしてくれないか」

「わ、わかりました」

「あなた方にも、客室を用意したほうがいいですか？」

先ほど宿を取ったと聞いたばかりだったが、従者達は申し訳なさそうに頷いた。

ガディとエルルは面白くなかったが、アレクの様子から感じ取ってしまった。

スミレ色の目を持つ少女に、アレクは好奇心を抱いている。

二人は黙って、様子を見ることにした。

◆　◆　◆

その日の夜。寝る支度を整えたアレクとスミレは、同じベッドに潜《もぐ》り込んだ。

華奢《きゃしゃ》な二人には、ベッドは充分すぎるほどの大きさだ。

スミレは興奮で上気した顔で、アレクに尋ねた。

「何か聞きたいことはありませんか？　何でも答えてさしあげます！」

「……スミレはさ。その目で苦労してきた？」

その質問に、スミレは若干《じゃっかん》言い淀《よど》む。きっと何かあったのだろう。

アレクはまず、自身の経験を語ることにした。

「僕、実家にいる時はずっと、父様と母様、それともう一人の兄様から邪険にされていてさ。最近まで、自分は出来損ないで役立たずなんだと思い込んでた。でもさ、違ったんだ。僕はどちらかといえば、凄く恵まれてる人間なんだと思う。でもそれを肯定しちゃうと、僕が愛されなかった意味がなくなっちゃう気がして。だから役立たずなんだと思いたかったけど……僕は役立たずなんかじゃないって、兄様と姉様が言ってくれたんだ」

「……お兄様は、お二人と強い絆《きずな》で結ばれているのですね」

「うん。なんか照れるな～」

スミレは、どこか遠くを見つめて言う。

「私、両親はいません。スラムで暮らしてきたんです。周りの子に助けてもらって……まあ、盗みで捕まったんですけどね。でも、この目のおかげで助かりました」

なんと返事をすればいいのかわからず、アレクが口ごもると、スミレはニコリと笑った。

「人生、いろいろありますよね。まあ、それはさておき。お兄様、カラーリングを解いてみてくれませんか」

「え？　うん、いいけど」

言われた通りにカラーリングを解くと、アレクの髪と瞳は本来の紫色を取り戻す。

スミレはしばらくアレクをじっと見つめ、口を開いた。

「天使って、知ってますか」

思いがけない問いかけに、アレクはハッと息を呑む。

かつて地上最大の危機を救った、天使。

「！　スミレは知ってるの!?」

「はい。王様に聞きました。私はその天使と、同じ色の目を持っていると。だから私は、王宮で過ごしています。王宮の者と一部の信者しか、私の存在を知りません。まあでも、天使の伝承自体を知るのは限られた王族だけですし、そこまで影響はないと思うのですけど」

スミレはベッドのシーツをギュッと握りしめ、吐き捨てるように言う。

「関係ありませんよね。髪と目の色が、なんだって言うんです？　未来予知の力は確かにあるけど……それ以外、私は普通の子供なんです。神様みたいに崇められるのは嫌です」

「スミレ……」

「でも、お兄様ならわかってくれますよね。私のこと、理解してくれますよね」

縋《すが》るように言われ、アレクは困ってしまった。

理解してくれと叫ばれても、アレクにスミレはわからない。

「ごめん……」

「……」

気まずい沈黙がしばらくその場を満たす。

言い淀んでいると、スミレが「いいえ」と言った。

「構いません。こちらこそ、ごめんなさい。期待しすぎてしまいました。明日からよろしくお願いしますね。おやすみなさい」

スミレはそれ以上何も言わず、静かに目を閉じる。

「うん、おやすみ……」

一方のアレクは、それからしばらくの間、眠れなかった。

第二話　心配なんです

「というわけで、これから一週間、一緒に授業を受けることになりました！　スミレさんです！」

「アレクお兄様の妹のスミレです。よろしくお願いします」

翌日。教室でアリーシャから紹介を受け、スミレがぺこりと頭を下げる。

クラスメイト達は、困惑と興奮がないまぜになったように叫んだ。

「妹……!?」

「可愛いー！」

「一週間限定？」

ユリーカは、アレクに向かってボソリとつぶやく。

「こんな可愛い妹さんがいるなんて、知らなかったんだけど」

「妹じゃないんだけどなぁ……」

アレクが困ったように答えると、ユリーカは首を傾げた。

「どういうこと？」

「その、だから……」

「イマジナリーシスターかよ」

「イマジナリーフレンドならぬ？」

ライアンのツッコミに、ユリーカが乗っかる。

そうこうしている間に、アレクの隣にスミレが座り、アレクの腕にぎゅっと抱きついた。

「よろしくお願いします、お兄様！」

「だから僕、妹なんていないって……」

そこで、シオンが恥ずかしそうにスミレへ声をかけた。

「わ、私はシオン……よろしくね、スミレちゃん」

その様子を見て、おや、とユリーカは思う。

人見知りの激しいシオンにしては、珍しい反応だ。やはり、アレクと関わりがありそうなのが原因だろうか。

スミレは、もじもじするシオンを観察するように見つめ、綺麗に笑った。

「シオンさんですね。よろしくお願いします」

「あ、うん」


それから授業が始まった。

どうやらスミレはさほど授業に興味がないらしく、アレクに話しかけてばかりいる。

アレクが困りながらも対応していると、シオンが恐る恐る話に入ってきた。

「じゅ、授業は聞いたほうがいいよ……？」

「そうだね。ごめん、スミレ。そういうことだから」

「わかりました、お兄様」

素直に従ってくれたものの、スミレはつまらなそうだった。

曲がりなりにも、ここは英雄学園。生徒達の学力も非常に高い。

レベルの高い授業の内容を、スミレが理解できるとは思わないほうがいい。

しかし社会勉強という体《てい》で学園に滞在するのだから、せめて真面目に聞いてほしい……アレクは少しだけそう思った。

なかなか口に出せる雰囲気ではなかったが。

ちなみに最近、アレクはユリーカに学力を追い抜かれた。だからこそ、授業はしっかり聞いておきたい。

教室の後ろでは、従者がハラハラした様子でスミレのことを見守っていた。

しかし、そんなスミレが唯一興味を示した授業があった。

魔法学の授業だ。

今日は、各自が得意な属性を選択し、それぞれ指定された魔法を使うという授業だった。

「お兄様、見てください！」

スミレが作ってみせた虹は、それはそれは綺麗なものだった。

「凄いね、スミレ！」

「ありがとうございます！」

得意げなスミレを眺めつつ、アレクもまた別の魔法を使ってみる。

「ほら」

「わぁ！」

アレクが作ったのは、スミレをイメージした木の人形だ。

アレクは、地の魔法を好んでいた。色とりどりに咲く花は見ていて癒《いや》されるし、何より木の匂いが好きなのだ。

「お兄様、これは私ですか？」

「うん」

「もらっても……いいですか？」

「いいよ！」

アレクから木の人形を受け取ると、スミレは大事そうにそれを抱えた。

「アレク君、凄いね」

二人のそばで、シオンが言う。どこか羨《うらや》ましそうだ。

「シオン！　シオンもいる？」

「えっ、いいの？」

アレクがシオンを模した人形を作り出して渡すと、シオンは凄く喜んでくれた。

しかし――

「むー……」

それを見ていたスミレは、面白くなさそうに頬を膨らませたのであった。

◆　◆　◆

魔法学の授業以降、何やらスミレはシオンを警戒していた。

というより、あからさまな嫉妬だった。

シオンがアレクに近づくたびに、スミレはむぅっと唸《うな》って、アレクにしがみつく。

しかし、シオンはそれが可愛らしい嫉妬だと気づいているようで、特に気にすることもない。

ちなみに双子とスミレは、割とガチで喧嘩していた。

喧嘩のたびに、双子による器物破損という被害が生じる。

とうとうブチギレた学園長が二人に拳骨《げんこつ》をかまし、「大人気ないわ!!」と怒鳴ったところまでがオチである。


そうこうしているうちに時は流れ、スミレが滞在して五日目の夕方。

放課後、掃除当番のシオンが教室を掃除していた。

そこに、スミレが一人で入ってくる。

「あれ？　スミレちゃん？　従者さんはどうしたの……」

「私の！　お兄様です！」

「えっ、あ、うん」

「あなたにお兄様は渡しません！」

「え、ええ？」

プクーッと頬を膨らませ、突然そう宣言したスミレに、シオンは苦笑した。

「本気なんですからね！」

「べ、別に、スミレちゃんからアレク君を取ったりしないよ……」

「お兄様のこと好きなくせに!!」

「うぇっ」

自分の恋心が見抜かれていたことに赤面し、シオンは俯いた。

アレクは鈍感なので、シオンの気持ちには未だに気づいていない。もっとも、何かと妨害してくる双子のせいでもあるのだが。

「お兄様はっ、私と一緒に帰るんです！」

「えっ、アレク君、どこかに行っちゃうの？」

スミレの口から飛び出した言葉に、シオンは焦りを見せた。

そういえば言っていなかったなと、スミレはシオンに説明する。

「私がここに来たのは、お兄様と一緒にグラフィールへ戻るためです！」

「アレク君、グラフィールにいたの？」

「いいえ！」

「？」

「多分、来たことはありません！」

「？？」

「初めてです！」

「？？？」

いくつもの疑問符が浮かび、シオンはスミレに尋ねた。

「その、アレク君とは本当に兄妹なの？」

「血は繋がってませんが、妹です！」

「どうしてそう思ったの？」

「直感です」

「？」

「人を好きになるのに、理由はいらないでしょう？　それと同じです」

なんだかよくわからないなぁと、シオンは自分の頬をかいた。

「それに、お兄様は、絶対に私を妹と認めます」

「なんでそう言い切れるの？」

「未来を見ましたから」

「未来？」

「未来予知です！」

ますます理解できず、首を傾げるシオン。

「私はお兄様が心配なんです。お兄様が大切なんです。だから一緒にいたい」

「そっか」

「……シオンさんは、お兄様のどこを好きになったんですか？」

「えっ」

ユリーカ以外から、初めてそんなことを聞かれた。

顔を赤らめたシオンだったが、ゆっくりと思い出してみる。

「その……最初は、一目惚れだったの。だけど知っていくうちに、どんどん好きになった。優しいところが好き。常にかっこいいわけじゃないんだけど……たまに見せてくれる、頼れるところが好き。私を呼んでくれる声が好き。私は、アレク君が好きなの」

「……例えば、お兄様がシオンさんを嫌いになったとして。それでもまだ、好きでいられますか？」

その質問に、どう答えるべきかシオンは考えあぐねた。

そのような状況があるとは思えないから。

「想像でいいんです」

スミレは、答えを促すように詰め寄る。

「うーん……わからないかも。でも、やっぱり好きだなぁ。私のことを嫌いになったなら、近づかないようにする。私ね、アレク君には幸せになってほしいの」

「本当ですか？」

「凄く悲しいけど……私は、アレク君の笑顔が好きだから」

答えになっているかどうかはわからないが、素直に言葉にしたつもりだ。

すると、スミレはふっと笑った。

「あなたは正直ですね。本当のことを言ってくれて嬉しいです」

「本当だってわかるの？」

「わかります。その表情を見れば」

「あれ？　そ、そんなにわかりやすいかな」

シオンは気恥ずかしくなり、ぐにぐにと頬をこねてみる。

「これから、どうしましょう……」

「？　スミレちゃん？」

スミレの表情が曇《くも》り、何か言いかけたその時だった。

「つぅ……」

「え⁉」

バタリ、とスミレが倒れた。

あまりに急なことだった。慌ててシオンが駆け寄るも、スミレの反応はない。

「ど、どうしよう⁉　とりあえず保健室⁉」

シオンは、スミレを保健室へ運んだ。


「う……」

「スミレ？　気がついた？」

「あっ」

スミレは、勢いよく飛び起きた。

そしてすぐそばにいたアレクを見て、ほっとしたように胸を撫《な》で下《お》ろす。

「お兄様」

「スミレ。君、どうしたの？　従者の人が注射をしていたけど、もしかして持病があるの？」

シオンからスミレが倒れたと聞き、アレクは急いで保健室にやってきた。

ベッドに横たわり、苦しそうに眠っていたスミレ。しかし従者が注射を打つと、症状は落ち着いたようだった。

「実は私、魔力暴走体質なんです」

「魔力暴走体質？」

聞き慣れない言葉に、アレクが首を傾げる。

「私の中では、魔力が常に異常なスピードで渦巻《うずま》いています。魔力量が私の許容量を超えているんです。それを注射で抑えています。私もよくわかりませんけど……注射がなければ、頻繁に魔力が暴走してしまいます」

「大変だね……」

「確かに、面倒ですね。それに、注射を打たれた後は体がだるいですし」

慣れた様子で伸びをするスミレだったが、先ほどの辛そうな表情を思い出すと、アレクまで苦しくなってくる。

「スミレ……君こそ、ここで暮らせばいいんじゃない？」

「え？」

「今さ、この国にいるのは楽しい？　僕は楽しいよ！　君も英雄学園に通えばいいんじゃない？」

アレクの誘いに、スミレはパッと明るい表情を浮かべる。

しかし何かを思い出したように、首を横に振った。

「いいです。私は、いいです」

「そっか……」

「お兄様。私と一緒に……」

「ごめんね。僕はここを離れるつもりはないよ」

「そうですか」

その時、シオンがやってきた。

「スミレちゃん！　目が覚めたんだね！」

「あ……」

シオンの手には、水桶とタオル。きっとスミレのために準備したものだ。

シオンはベッド横の小さなテーブルに水桶を置き、スミレの額に手を当てる。

「熱はもう下がったんだね。でも、ゆっくりしてね」

「……」

「シオン。ありがとね」

「全然。むしろ、何かしていないと落ち着かなくて」

スミレは、アレクとシオンの会話をぼんやり聞いていた。

二人は、本当に仲が良い。嫉妬していたのが、馬鹿らしくなるくらい。

シオンの恋がすぐ成就《じょうじゅ》しそうには見えないが、良い関係だ。

そこに、スミレの入り込む隙はない。

「もう少し寝たらどうかな？」

シオンが控えめに、けれど優しく言う。

「……ありがとうございます。なら、お言葉に甘えて」

スミレはベッドに潜り込んだ。とてもあたたかくて、柄《ガラ》にもなくにやけてしまった。

シオンに対して、不思議と嫉妬の感情は湧いてこない。

今は、ただ世話を焼かれることが、純粋に嬉しかった。

◆　◆　◆

スミレが滞在して六日目。

そろそろスミレに慣れたクラスメイト達は、興味本位でスミレに話しかけることはなくなった。

もうアレクの横にいることが日常になりつつあったし、アレクもそれに違和感がなくなっていた。

昼食の時間、アレクと食事をしていたスミレに、ライアンがサンドイッチを差し出す。

「これ、美味《うま》いぞ！」

「バカ。邪魔しちゃダメでしょ」

「え」

「いいですよ。いただきます」

ユリーカが慌てて止めるが、スミレはライアンからサンドイッチを受け取った。それからスミレは、上機嫌でシオンに話しかける。

「シオンさん。これ食べてください」

「んぇ？」

「お菓子です。さっき買ったんですよ！」

「いいの？　じゃあいただきます」

仲睦《なかむつ》まじいスミレとシオンのやりとりを見て、アレクは嬉しそうに微笑んだ。

「……なんかこうして見ると、家族みたいね～」

アレク、スミレ、シオンに向かって、ユリーカがからかうように言う。

シオンは恥ずかしげに目を逸らしたが、スミレは「ふふ」と笑った。

「家族ですか……いいですね。ね？　お兄様」

「？　うん！」

スミレは、随分《ずいぶん》とシオンに心を許しているようだった。ついこの前まで、スミレはシオンに対してもっとツンツンしていたのに。

二人の間に何があったのか、ユリーカにはわからなかったが、とにかく微笑ましい。

「さ、悪いから行くわよ」

「えぇ！　俺も!?」

「部外者よ？　水を差すもんじゃないわ」

「マジかぁ」

ユリーカは、ライアンをずるずる引きずっていく。

しかしそれからほどなくして、空気を読まない人物、ガディとエルルが現れた。

「おい」

「兄様、姉様」

双子にとって、シオンとスミレは警戒対象である。

まずシオン。シオンはアレクに好意を寄せている。

アレクは、トリティカーナ王国の第三王女シルファと婚約しているが、この先どうなるかはまだわからない。シオンの行動次第では、彼女と結ばれる可能性もゼロではない。

双子は、とにかく可愛い弟を取られたくないのである。

次にスミレ。急に現れた、妹を名乗る不審者。

まず無理である。論外だ。

何やら複雑な事情があるようだし、その瞳の色が気にかかる。薄い紫色をしたスミレの瞳は、アレクの瞳のように澄んではいない。

双子の登場に、臨戦態勢となっていたスミレにアレクが声をかける。

「とりあえず、スミレ。その手は下ろそうか」

「はっ……すみませんお兄様。つい」

スミレの手には、空《から》になった弁当箱が握られていた。どうやら、それを投げつけるつもりだったらしい。

「おい」

ガディも、思わずといった様子でツッコミを入れる。

「戦争か？　戦争するか？」

「よろしい。カードで勝負よ」

挑発するように言うガディとエルルに、シオンが意外そうな表情で口を開いた。

「穏便ですね」

「学園長に怒られるからな」

最強の双子も、これ以上、学園長の拳骨は食らいたくないらしい。

その後、カードの勝負はかなり白熱したのだった。

◆　◆　◆

その日の夜。

スミレは、あたたかなベッドに潜り込んだ。隣にアレクがいることにも、すっかり慣れた。

しかし、この慣れを恐ろしいとも感じる。

英雄学園での暮らしは、ひどく居心地が良かった。

息をするのが楽すぎるのだ。

グラフィールの王宮とは、何もかもが違う。

「お兄様……」

「どうしたの？　スミレ」

アレクは、スミレが兄と呼んでも否定することはない。肯定することもないけれど、優しく名前を呼んでくれる。

シオンがアレクを好きになった理由も、わかる気がした。

スミレは最初からアレクを好きだけれど、その感情がますます大きくなっている。

嫌だ。離れたくない。ずっとそばにいたい。

「お兄様。お兄様」

「どうしたのさ」

甘えるように、アレクに縋る。

優しいその手は、小さく見えるけれど、スミレよりずっと大きい。

この手に、一生縋っていたい。

「お兄様。嫌です。帰りたくない」

「スミレ？」

「私、ここにいたいです」

それを聞いて、アレクは「なら」と続ける。

「ずっと、ここにいたらいいよ」

「……」

ずっとここにいられたら、どれだけいいだろう。スミレは、言葉に詰まってしまった。

黙り込んでしまったスミレに、アレクは優しく話しかける。

「どうしたの？　帰りたくないなら、ずっといていいんだよ。それとも、帰らなくちゃいけない理由があるの？」

「……言えない、です。でも、帰りたくない。帰りたくない……」

ただ、帰りたくないとだけ繰り返すスミレ。

彼女が背負っているものは、何なのだろうか。

「僕が王様を説得しようか？」

「できっこありません。絶対に。あの王は……ディラン王は」

「だけど、帰りたくないって」

「言ってみただけです。ちゃんと、帰りますから」

服の裾《すそ》をぎゅっと強く握られる。

スミレの体温をすぐそばに感じ、暑いくらいだった。

「お兄様はここにいると、幸せになれない。そう思っていました。だって私達は、生きづらすぎるもの。この色は、生きづらい」

スミレは自分の目を指先でそっとなぞり、アレクを覗き込む。

互いに、自分以外で初めて出会った、紫色を持つ人間。

スミレの瞳は紫というには薄いが、それでもまず見られない色だ。

「……でも、違いました。お兄様は本当に、幸せなんですね。優しいお兄様やお姉様、それにお友達……シオンさんがいる」

「うん。幸せだよ」

「安心しました。ずっと心配だったけど、大丈夫そうです」

スミレの声は、震えていた。それに、悲しげな表情を浮かべている。

「スミレ？」

「おやすみなさい、お兄様。良い夢が見られるといいですね」

スミレは、アレクの服からそっと手を離す。

「スミレ」ともう一度名前を呼んでみたが、彼女が反応することはなかった。

やがてアレクも、まどろみ始める。

――良い夢が見られるといいですね。

眠りに落ちる寸前、スミレの言葉が蘇《よみがえ》る。しかし、そうはいかなかったようだ。

◆　◆　◆

『私は何者なんでしょうか……』

紫色の髪をした女性が、誰かにそう尋ねた。

相手の顔ははっきり見えないが、その人物を知っているような気がする。

『君は君だよ。私は、君のことが大好きさ』

『それは――だからですか？』

女性の言葉は、掠れていてしっかり聞き取れない。

尋ねられた相手は、それを否定した。

『違う。私は、君だから好きなんだ』

『……嘘つきですね。だったら、どうしてそんな顔をするんですか』


「――覗き見とは、趣味が悪いんじゃないかい？」

アレクは、ハッと我に返った。

先ほどまで見ていた光景は、いつの間にか消えている。

「ええと、ごめんなさい」

たまに夢を見る時に出てくる、靄《もや》。

先日、ディザスターというドラゴンが学園を襲い、危機に陥《おちい》った際にも、アレクの前に靄が現れた。

そしてアレクが助けを求めた結果、完全に靄は晴れた。

そこに立っていたのは、真っ白な男だった。しかしその瞳の色だけは、虹色に輝き、今でも鮮烈《せんれつ》な印象が残っている。

今、アレクの前に立っていたのはその真っ白な男だった。

「もう覗き見しないでよ。見られたくなんてないんだ」

「でも。見たくて見たわけじゃないよ」

「……ふぅん？　まあ、いいけど」

「ねぇ。いい加減、君が誰か教えてよ。なんて呼べばいい？」

その者はしばらく悩んだ後、答えた。

「適当に呼んでくれていいんだけど、それも難しいよね。オウって呼んでよ」

「オウって……王様？」

「そう。かっこいいでしょう。響きが気に入ってる」

茶化《ちゃか》すような言い方だったが、アレクはそれに従うことにした。

「それで……オウ。僕は、たまにこうして君の夢を見るけどさ。それは、君が僕を呼んでるの？」

「そういうわけじゃない。それに、君は私が誰かもわかってないだろう?」

「うん」

「気になるかい?」

「とっても」

「内緒だけどね」

「言うと思ったよ」

アレクは、とりあえず座ることにした。

地面があるのかさえも定かではない空間だったが、一応座ることはできた。

「さて。君の近くにいる少女だが……彼女は、相当複雑だ」

「複雑って、どういうこと?」

アレクの質問にははっきり答えず、オウは不機嫌そうに言った。

「気味が悪い。私達を馬鹿にしているとしか思えない」

「え」

「でも、君はあれを大事にしている。あーあ。本当に、残念だよ」

まるで腹立たしいと言わんばかりに、拗《す》ねたように続ける。

アレクは、オウの意図が掴めなかった。

「あれを助けたいと思うか」

「う、うん。もちろんだよ」

「ならさ……早く起きたほうがいい。ここから出ていきなよ」

なぜだろう、いつもより冷たい気がする。

先ほどアレクが覗き見た、あの光景も関係しているのだろうか。

「最後に聞いていい？」

アレクの問いかけに、オウは仕方なさそうに答える。

「……いいよ」

「君はあの時、幸せだった？」

先ほど見た人物。顔ははっきりわからなかったが、おそらくオウだと思う。

会話の内容はさておき、幸せそうな柔らかい雰囲気をしていた。

「……君には、幸せに見えたかい？」

オウの言葉は、どこか皮肉めいたものに聞こえた。

アレクが答える前に、くんっと何かに引っ張られるような感覚がして、目を覚ます。

「……朝かな」

その時、違和感を覚えた。横にあるはずの体温がない。

布団をめくってみると、スミレがいなくなっていた。

◆　◆　◆

「学園長先生っ、スミレが――」

「わかっているよ、アレク君」

焦って学園長室へ駆け込めば、早朝だというのに、学園長は冷静に迎えてくれた。

「少し前に、スミレさんと従者の方達が出ていったよ」

「どうして。あと一日、滞在するはずじゃ――」

「事情があるらしい。私が口を出すことではなかったから見送ったが……アレク君に挨拶もなかったのか。何があったんだろうな」

スミレが行ってしまった。

呆然とするアレクに、学園長が気遣うような目を向ける。

「ショックなのはわかるが、スミレさんにはスミレさんの立場があるんだ。無闇に立ち入ることではないのかもしれないよ」

「……はい」

しかし、本当にこのままでいいのだろうか。

腑《ふ》に落ちないまま、アレクは学園長室を後にする。

それからアレクは、心ここにあらずといった様子で一日を過ごした。

最後に見たスミレの表情と、残した言葉。

それらが、抜けないトゲのようにずっと心に引っかかっていた。


数日後、アレクはスミレと過ごした客室を訪れた。

何気なく室内を見回していると、窓際に、隠されるように置かれた封筒に気がついた。

近づいて手に取ると、スミレからアレクに宛てた手紙だった。

スミレが出ていった日の朝、慌てていたこともあり、見落としていたらしい。

封筒を開き、便箋《びんせん》に目を落とす。

綴《つづ》られていたのは、スミレがグラフィールに帰ることと、世話になったという感謝の言葉。

「っ！」

そして、便箋の端に小さくこう書かれていた。

『帰りたくない。たすけて、お兄様』

このまま目を瞑ってはいけない。アレクは、客室を飛び出したのだった。

第三話　いざ！　グラフィールへ！

「学園長先生～！」

アレクが勢いよく学園長室に飛び込むと、学園長はハハ、と乾いた笑みを浮かべた。

今日の学園長はガディ達と同じくらいの少年の姿をしている。

「元気だね、アレク君」

ガディやエルルに気を取られがちだが、アレクの行動もなかなかに破天荒《はてんこう》だ。

学園長は、どこか身構えた様子である。

「僕、グラフィールに行きます！　スミレに会いに行きます！」

ほら来たというように、学園長は眉をひそめた。

「アレク君……？　私がこの前、なんと言ったか覚えているかね」

「はい！　でも……スミレを放っておけません！　すみません！」

「はぁ〜〜〜」

学園長は、頭を抱えながら大きなため息をつく。

しかしアレクはそんな学園長の様子も意に介さず、スミレからの手紙を差し出した。

「これを見てください」

「？」

アレクから受け取った手紙に目を通し、学園長は言う。

「なんの変哲もない手紙だと思うが」

「ここですよ。ここ」

アレクが指差した先には、スミレからの助けを望むメッセージが刻まれていた。

「君……やっぱりスミレさんに絆《ほだ》されたんだね。スミレさんのことを見捨てられなくなったんだ？」

「はい。僕はスミレを助けたいんです」

「まぁ確かに、あの目は君と無関係には思えないしなぁ……」

スミレ色の瞳。

学園長は、アレクがその瞳の色にある種の共感を抱いていると思っているようだ。けれど、アレクがスミレを助けたいと思うのは、瞳の色だけが理由ではない。

学園長は再びため息をつきつつ、言葉を続けた。

「とはいえ、この頃、グラフィールは少々きな臭い……いや、この頃というより、ひと昔前からか。現国王、ディラン王に代替わりしてから、あの国は一見安定しているように見えて、何かがおかしい」

「そ、そうなんですか」

「そうだ。ミラーナ様がグラフィールに渡っただろう？　表向きは修業のためということになっているが……他にも気になることがあったらしい」

グラフィールは、アレクの伯父であるハイド神父がかつて修業をした国でもある。

先日、学園を襲ったディザスターを止めることができなかったミラーナは、自身の未熟さを痛感し、グラフィールで修業することにしたのだ。

しかし、それ以外にも気になることがあったのだという。

「軽い気持ちで、行く国じゃない。確かに四大王国の一つだけあって、栄《さか》えている。だが……大国ならではの闇もある。今のグラフィールは、危険かもしれない」

「その闇には、スミレも関係しているんでしょうか？」

「それは、わからないが……」

「スミレから、体質のことを聞いたんです」

魔力暴走体質。

スミレの持つ魔力量は、彼女の許容量を超えているという。そのせいで起こる魔力暴走を抑えるために、注射を打つ必要があるのだ。

「スミレを助けたい。スミレは何かに苦しんでいて、何かを隠しているようだったんです。それに、何かを掴める気がする……僕はいい加減、自分が何者なのか知りたいんです」

アレクの言葉を聞き、学園長は驚いた様子だった。

「いえ、言い方を間違えました。天使について、もっと深く知りたいんです。スミレは僕と同じ、紫色の目をしていた。そのスミレに何が起こっているのか知りたいし、知らなくちゃいけない気がするんです」

アレクの真剣な眼差《まなざ》しに、学園長は少し考え込む。

「……私がグラフィールについていっても？」

「！　もちろんです！」

「了解。では、グラフィールに向かうとしよう。瞬間移動で飛ぶ。ただし、距離が遠すぎる。瞬間移動すると、魔力の回復に時間がかかるんだ。それは理解してくれ」

「はい！」

アレクは、笑顔で頷く。

学園長には、天使について知りたいと言った。けれど何よりもやはり、スミレを助けたかった。最後の夜、スミレが悲しい顔をしていた理由が知りたかったのだ。

◆　◆　◆

準備のために、アレクは一度寮へ戻った。

そしてガディとエルルにグラフィールへ行くことを話すと、二人は迷わずついていくと言う。

アレクが心配でしょうがないようだ。

二人を止めることなどできないため、連れていくしかない。

準備を終えたアレクは、再び急いで学園長室へ向かった。

「準備はできたかね」

学園長室には、ガディとエルルもすでに到着していた。二人は冒険者として依頼をこなす時の服を着て、いざという時に備えている。

「姉様……大荷物すぎない？」

「何言ってるの。これは必要なものよ」

「中身を見ていい？」

「はい」

大きなリュックサックには、大量の防犯グッズが入っている。中には、殺傷能力が高すぎる武器もあった。

エルルに尋ねたところ、「まだ足りないくらいよ」と返される。

アレクは無言でリュックサックを閉じた。

「じゃあ、行くよ。そばに来て」

指示通り、三人は学園長のそばに寄る。

——その時だった。

ドンッと何かが猛烈な勢いでぶつかってきて、アレクがよろける。

次の瞬間、周りの景色がぐるりと変わった。

見慣れた学園長室ではなく、見知らぬ場所に立っている。学園長の瞬間移動は成功したようだが——

「え……!? ライアン、ユリーカ、シオン!?」

そこには、いるはずのない三人も立っていた。

どうやら、先ほどぶつかってきたのはライアン達のようだ。

驚くアレクに向かってシオンが叫ぶ。

「私も、スミレちゃんのこと助けたいよ……！　どうして何も教えてくれないの？　私だって、何かしたい」

「シ、シオン。でも……」

困惑の声を上げるアレク。学園長も、呆れたような視線を三人に向けた。

「君達……」

「学園長先生、勝手についてきてごめんなさい。でも、黙っていられませんでした」

「お叱りは後で受けます」

ユリーカとシオンが学園長に頭を下げる。

挨拶もなくスミレが帰国し、アレクの落ち着かない態度を見て、三人は何かあったことを察したようだ。こうして瞬間移動で飛んでしまえば、すぐに戻ることなどできない。

「まあ、君達とは以前にも修羅場《しゅらば》を乗り越えた仲だ……もう何も言うまい」

「ありがとうございます！」

それから学園長は気を取り直したように、周囲を見回す。

「さて、ここがどこか手っ取り早くわかるといいんだが」

「ちゃんと目的地に着いたか、確かめねばな」

「聞けばいいじゃない」

さっそくエルルとガディが行動に移った。

通行人に声をかけて、ここがどこかを尋ねている。

「あんた達、何を言っているんだ？　ここがどこかわかるかなんて……」

「まぁ、いろいろあるんです」

通行人は不思議そうにしながらも、ここがグラフィールの王都メコイだと教えてくれた。

きちんとグラフィールに到着したらしい。

しかも王都だ。

スミレの存在は王宮の者と一部の信者しか知らず、王宮で暮らしていると話していた。スミレはおそらく王宮にいるだろうから、都合が良い。

さっそくユリーカが学園長に尋ねた。

「それで、どうやって王宮に入るんですか？」

学園長が答える前に、ライアンが言う。

「こっそり入ればいいんじゃねぇの？」

「ダメに決まってるだろう。見つかったら、あっという間に捕らえられるぞ？」

すぐさま学園長が却下した。

「まずは、ミラーナ様に連絡を取ってみるつもりだ」

学園長はそう言って、連絡用水晶を取り出す。

この連絡用水晶は、自由に大きさを変えられることもあり、持ち運びに便利だ。もっとも学園長は〔無限収納〕のスキルがあるため、あえて持ち運ぶ必要はないのだが。

「ミラーナ様？」

「第一王女様よ」

首を傾げるライアンに、ユリーカが言う。

その横で学園長は連絡用水晶を使うが、なんの反応もなかった。

「……」

「………」

「応答がない」

突然の連絡だ。すぐに繋がらないのも仕方ない。

「グラフィールに来たはいいけど、手詰まりかぁ」

アレクとしては、一刻も早くスミレに会いたい。

しかし頼りのミラーナに繋がらず、一同は困り果てていた。

その時、ガディがふと声を上げる。

「……あれ、いいんじゃないか」

「あれ？」

ガディが指を差した先には、ある貼り紙があった。

それは、ギルド主催の大会を知らせるものだった。優勝したグループは、王宮に招かれるという。

「すげー！　これ使えばいいじゃん！」

目を輝かせるライアン。一方のユリーカは冷静だ。

「でも、大会の内容ってなんなの？」

ガディが貼り紙の内容を読み上げる。

「魔物の討伐だ。クリスタルキラーの討伐」

「クリスタルキラー？」

聞き覚えのない魔物の名前に、アレクが首を傾げる。すると、エルルが説明してくれた。

「クリスタルを食べる魔物よ。クリスタルは高価だから、食べられると困るでしょ」

「そうだね」

「見た目はなんていうのかしら……こう、ほら」

身振りで、なんとか伝えようとするエルル。

「これを使うかい？」

学園長が〔無限収納〕から取り出したのは、紙とペンだ。

エルルはそれを受け取り、クリスタルキラーらしきものを描き始める。しかし――

「姉様……絵、下手くそだね」

「うぐぅっ」

弟の容赦ない一言に、ショックを受けたエルルは倒れた。

「しょうがないな。俺が描く」

そう言って紙とペンを手にしたガディ。エルルよりはマシだったが――

「う～ん。わかんないな……兄様も下手くそだね」

「ぐへぁっ」

弟の容赦ない一言に（以下略）。

そして結局、ユリーカが描くことになった。

「この魔物じゃないでしょうか」

「おお！　まさしくクリスタルキラー！　ユリーカさんは絵が上手いなぁ」

「それほどでも」

学園長の褒め言葉が耳に痛い。ガディとエルルは絵の練習をすることに決めた。

「ユリーカ、よく知ってたね」

「教科書に載ってたわ」

「ええ！　どこに⁉」

「本当に隅のほうよ。知らなくて当然」

驚くシオンとライアンに、ユリーカは飄々《ひょうひょう》と返事をする。

アレクは、ユリーカの描いたクリスタルキラーをじっと見つめた。

小熊のような見た目で、額には石のようなものが描かれている。加えて、足の爪が異常に長い。

「大会はいつ開かれるの？」

「明日だな」

「よし。これに挑むぞ！」

絶対に優勝してやる！　とアレクは意気込んだ。

◆　◆　◆

「う、うぅ、う……」

暗闇の中、小さな少女がうずくまり、嗚咽《おえつ》を漏《も》らしていた。

涙が止まらない。

ポロポロ、ポロポロポロと、大粒の涙が頬を伝っては落ちていく。

「あ……あ、あぁぁ。うぅ」
かき乱される。頭が、脳が、血が、心臓が——
容赦なく、何かに塗り潰されていく。
痛い。苦しい。
あらゆる負の感情が、少女を支配していた。
「た……す、け……」
助けて。
そう叫んでも、誰にもその声は届かない。
腕や足を動かし、苦痛への抵抗を試みる。
だが、それは無意味だ。
次第に少女の苦痛や悲しみが薄れていく。嗚咽の声も、漏れ出ない。
もう、何も感じない。
何を感じていたのかさえわからない。
少女は絶望し、静かに目を閉じようとする。
その時だった——

『まだ、諦めるのは早いんじゃない？』

――誰かの、優しい声が聞こえたのは。

何を言っているのだ、お前にこの苦しみなど、わかるはずもない。

少女はイラつきをその声の主にぶつけた。

けれど、声の主は変わらず優しい声を発する。

『僕が、君のお兄ちゃんになる。だから、絶望しないで。たとえ、君が――――たとしても。君であることに、変わりない』

次の瞬間、目の前に光が溢《あふ》れた。

眩《まぶ》しい。でも、欲しい。

欲しくてたまらない。

温かい光が、優しさが、愛が――

『でしょう？　――スミレ』

その声が聞こえた瞬間、光が爆《は》ぜるように、少女の視界が鮮やかなスミレ色に染まった。

「～～っ!!」

短い叫び声を上げて、スミレは飛び起きた。

ゼェゼェと荒い息を繰り返し、額に浮かんだ冷や汗を拭《ぬぐ》う。

「ここは……」

周囲を見回すと、馴染《なじ》みのある私室が目に入る。

広すぎる部屋に、やたら豪奢《ごうしゃ》な家具。一人で使うには大きすぎるベッド。

ひどく嫌な夢を見ていた気がする。

しかし、悪夢というには優しすぎるような――

あれは、何だったのだろうか。

未来予知とは違う、何かであることは確かだ。

「お兄様……」

不安が募《つの》り、彼を呼ぶ。

しかし彼はここにいない。英雄学園にいた時とは違う。

会いたい。会いたくてたまらない。

「たすけて……お兄様」

うまく息ができず、たまらずにつぶやく。

どうか救い出してほしい。

もう何も見たくはなかった。

何をすれば、どのような善行を積めば――

彼のそばにいることを、許されるのだろうか。

◆ ◆ ◆

翌日、アレク達はギルドの受付を済ませて会場へ移動していた。

誰でも自由に参加可能で、グループの場合は十名が上限。日没までに、最も多くクリスタルキラーを討伐した者が優勝となるそうだ。

大会はとても賑わっており、会場となる森の入り口には、多くの人々が集まっている。

開始の合図と同時に、エルルはアレクに防犯グッズを押しつけてくる。

それを受け取りつつ、アレク達も森に入っていった。

「手分けするか。俺とエルルはこっちに行くが、どうする？」

「ワシは一人でいい」

今日の学園長は、老人の姿だ。

アレクは、なんだか心配になってくる。ギックリ腰とかにならないだろうか。

しかしガディとエルルは気にした様子もなく、あっという間に森の奥へ消えてしまった。

学園長もまた、一人で別の道へ進んでいく。

「アレク君はシオンと行く？」

「あ、うん。そうしようかな。いい？　シオン」

「へ、あ……うんっ！」

「オーケー。じゃあ手分けして、たくさん狩るぞ」

アレクとシオン、ユリーカとライアンに分かれて行動することにする。

「アレク君、頑張ろうねっ」

「うん！」

参加者がたくさんいるため、ぼんやりしていては狩り尽くされてしまう。

それから数十分ほどクリスタルキラーを探したが、なかなか見当たらなかった。

「アレク君」

「ん？」

「スミレちゃん、大丈夫かな」

シオンは、心配そうにつぶやく。

帰国前、スミレはシオンにも随分懐《なつ》いていた。アレクとシオンにとって、スミレは本当の妹のようだった。可愛くないわけがない。

「スミレの手紙には、助けてって書かれていた。だから、絶対助けるよ」

「そう、だね」

「それに、僕……スミレに、お兄ちゃんだよって言ってあげれば良かったなって」

「え？」

シオンは、隣を歩くアレクを見つめる。

アレクは、後悔するような表情を浮かべて言葉を続けた。

「そしたらスミレ、きっと喜んだよね。さっさと言ってあげれば良かったな」

「……会ったら絶対に言おう！　スミレちゃん、本当にアレク君のことが大好きだから！」

「えぇ？」

「だって嫉妬して、『お兄様は渡しません！』って言いにきたくらいだもん」

「そうなの？」

「そうなの！　……あーっ！」

シオンの叫び声に、アレクは思わずびくりとする。

「クリスタルキラーだよ！」

「え⁉　どこ⁉」

「あそこ！」

ガサガサと物音がするほうへ走る。

確かに、クリスタルキラーらしき後ろ姿が見えた。

「おりゃ！」

「キ⁉」

アレクは魔法を使い、クリスタルキラーの足に木を絡めて転ばせる。

するとクリスタルキラーは振り返り、一直線にアレク達のほうへ向かってきた。

「ウィ、ウィンドショット！」

シオンがそう唱えると、風の刃が出現する。

それは見事にクリスタルキラーを捕らえた。

どさりとクリスタルキラーが倒れる。

「やっ……た？」

「やったよ！」

まずは一四目。

とにかくクリスタルキラーを回収しなくてはならない。

スキルで〔収納〕しようとアレクが手を伸ばした時、誰かに声をかけられた。

「こんにちは」

「え？」

それは一人の青年であった。

「あ、こんにちは」

「大会参加者かい？」

「はい」

「そっちのお嬢さんも」

「そ、そうです……」

シオンはおずおずとアレクの後ろに隠れた。

青年は、不思議な雰囲気をまとっている。

見た目は若々しいのに老成した印象も受け、その笑顔はどこか薄っぺらかった。

「そのクリスタルキラー、君達がやったのかい」

「はい」

アレクが頷くと、青年はスッと目を細める。

「立派なものだね。優勝を目指しているのかな？」

「はい。……王宮で、会いたい人がいて」

「そうか。会えるといいね」

素直に答えたアレクに、青年はにっこりと笑った。

「少し聞いてもいいかい？」

青年の問いかけに、アレクとシオンはこくりと頷く。

「クリスタルキラーを狩る時、何か感じたかい？」

「何か……？」

「そうだ。達成感、充実感、もしくは……罪悪感とか」

思いがけない内容だったので、アレクとシオンは困惑した。

改めて思い返してみる。

人に危害を加える魔物は討伐すべきものであるし、アレクはその討伐にも慣れている。しかし、討伐時にどんな感情を抱くかと聞かれると、困ってしまう。

「それとも、何も感じていない？」

不敵な表情を浮かべて尋ねてくる青年に、アレクは言葉を選びながら答えた。

「何も感じていないわけじゃないですけど……そう、ですね。強いて言うなら、達成感、ですかね」

「ほう？」

「罪悪感を抱くのは、違う気がします。僕は自分の意思で、クリスタルキラーを狩ろうとしたんです」

「実に興味深い」

青年は面白そうにそう言って、顎《あご》をさする。

次に、シオンへと視線を移した。

「君は？」

「あ、えと……」

「何を感じた？　仕留めたのは、君だったよね？」

「私は……わからない、です」

シオンはそう言うと、アレクの背に身を隠してしまった。

青年は肩をすくめる。

「怖がらせてしまったかな。すまない、ちょっと興味があっただけなんだ。もう行くよ。君達の願い、叶うといいね」

青年は、そのまま去っていった。

「何だったんだろう……」

「……アレク君。あの人、ちょっと怖かったね」

「言われてみれば」

「私、ああいう人は苦手かもしれない」

シオンは、どことなく沈んでいるようだ。

アレクは振り返り、シオンの手をそっと握った。

「ふぇっ」

「元気出して、シオン。狩りを続けなきゃ」

「……う、うん」

「無理だなって思ったら、僕に任せてくれていいよ」

「えと、大丈夫」

シオンはアレクの手を握り返した。

その顔は、茹《ゆ》で蛸《だこ》のように真っ赤であった。

それから日没まで、アレクとシオンはクリスタルキラーを探し続けたが、あまり見つからなかった。

もっともそれは、ガディとエルルがクリスタルキラーを乱獲していたからだ。

結果、アレク達が優勝となった。

第四話　スミレの花

大会が終わり、アレク達は翌日王宮に招かれることとなった。

夜にはギルドで宴会が開かれ、大盛り上がりである。

「あ、あの……もしかして、ガディさんとエルルさんですか」

「そうだが」

「ファンです!!　握手してください!!」

ガディやエルルの知名度は、国境も越えていたようだ。そのためアレク達がトリティカーナから来たことはバレてしまったが、詮索されるようなことはなかった。

他の冒険者に囲まれた二人を見て、アレクは誇らしいようなくすぐったいような感情を覚える。

一方の二人は、面倒くさそうだったが。

「優勝者に乾杯！」

「飲め飲め！」

「いいだろう。飲み比べで勝負だ」

「ちょいちょいちょ〜〜い！　未成年‼」

すかさず学園長のストップがかかる。

「せっかくタダで酒が飲めるんだぞ、少しくらいいいだろう？」

「そうよ、飲まないという選択肢はないわ」

ガディとエルルに対し、学園長が吠える。

「いや未成年‼　流石に見過ごせないからね⁉」

「堅いこと言うなよ、じいさん」

「じいさん……」

変身体質で老人の姿にはなっているが、ガディにじいさんと呼ばれてショックを受ける学園長。

しかし気を取り直し、双子の飲酒を全力で止めた。

ガディとエルルはしぶしぶジュースを手に取る。

とその時、学園長の連絡用水晶が点滅した。

「ちょいと失礼」

学園長はそう言って、外に向かった。

『連絡をいただいたようですが……フィース殿、どうかしましたか？』

「ミラーナ様。お久しぶりですね」

連絡用水晶に、ミラーナの顔が映る。どうやら就寝前だったらしく、寝衣に身を包んでいた。

『……！　フィース殿、もしやグラフィールにいらっしゃるのですか⁉』

ハッとしたような表情で、ミラーナが尋ねる。

「はい」

ミラーナは、ブツブツと何かを唱えた。

『防音魔法をかけました。フィース殿からいただいた魔法書がこんなところで役に立つとは……』

「私も予想していませんでしたよ」

フィースがかつて所有していた魔法書を、以前ミラーナに譲った。そこに記されていた防音の魔法をすかさず使ったらしい。

フィースもまた防音魔法を使い、音が漏れないようにした。

「ミラーナ様は、スミレさんをご存知ですか」

『なぜ、その名を……フィース殿は、彼女を知っているのですか？』

「はい。ついこの間、英雄学園にやってきました。アレク君の妹を名乗って」

『妹、ですか……』

ミラーナは困惑しているようだが、重要な点はそこではない。

「単刀直入に、この国における彼女の立ち位置を教えていただけますか」

『……わかりました。この国に滞在してしばらくした頃、彼女の存在を知りました。私も聖女としてトリティカーナの民に慕《した》われていますが、彼女とはまるで違います。彼女はまるで、それこそ神のように崇められているのです。荷が重いのでしょう……何度か話したことがありますが、彼女は疲れているように見えました』

「スミレさんは、国民には知られていないのですよね？」

『はい。王宮の者と、一部の信者しか知りません。瞳の色に加え、未来予知の力を秘匿《ひとく》するための判断でしょう。天使の伝承もありますし、危険にさらされる可能性もありますから』

「伝承についても、ご存知でしたか」

『ええ。近い将来、王となるお兄様を、私は聖女として陰で支える役目を担《にな》っています。天使の伝承は、父から聞かされました』

天使の伝承を知るのは、四大王国の王族を含めて、ごく一部のみ。確かにミラーナは王族だが、王族の中でも限られた者しか知らない伝承だ。

驚くフィースに、ミラーナは言葉を続ける。

『彼女はカラーリングの使用も禁止され、特別な存在として王宮に匿《かくま》われています』

「そうでしたか。……彼女はアレク君に助けを求めています。様々な重圧から逃れたいからでしょうか」

『それもあると思いますが、ディラン王の影響が大きいかと』

「ディラン王」

フィースは、噛み締めるようにつぶやいた。

グラフィールを治める、国王。しかし、代替わりしてからどうもきな臭い為政者《いせいしゃ》でもある。

『言い方は悪いですが……ディラン王は、何かを企んでいるように見えます。そしてスミレ様は、ディラン王をひどく恐れています。それに……私がグラフィールに来てから、不審に感じたこともあります』

「といいますと？」

防音魔法を使いながらも、ミラーナは声を潜《ひそ》めて答えた。

『この国には、二十代の男女が極端に少ない気がします』

「二十代の男女……」

思い返してみると、確かに若者の姿をあまり見ていない気がする。

『さらに言うと、二十代前半ほどの男女です。ほとんど見たことがないんです。これは、少しおかしいのではないのかと』

「それは、ご自分で調べられたのですか」

『はい』

「……くれぐれもお気をつけて。あなたに何かあれば、マストール王が悲しむ」

『ご心配なさらず。私には優秀な妹達がいます』

そういうことを言いたいわけではない。しかし、ミラーナは聞いてくれなさそうだ。

『もうそろそろ魔法が限界ですので、切らせていただきますね』

「はい。ありがとうございます」

『あ……最後に一つだけ。この国には、病気の王子がいます。王位継承者は彼一人ですが、しばらく床《とこ》に臥《ふ》せっているようで……念のため、お伝えしますね』

「わかりました。それでは」

プツリと連絡が切れて、水晶には何も映らなくなる。

フィースは、ミラーナとの会話を反芻《はんすう》した。

神のように崇められて、王を恐れているというスミレ。彼女の瞳の色と、未来予知の力。

さらに、二十代前半の男女の姿が見られないということ。

不可解としか言いようがない。

「いよいよ本当に怪しくなってきたな……」

◆　◆　◆

夜が明けてアレクが目を覚ますと、ガディとエルルの姿がなかった。

アレクとライアン、ユリーカとシオンは、ギルドの二階の部屋をそれぞれ借りて眠りについたのだが、双子は遅い時間まで冒険者達と騒いでいた。一体どこにいるのだろう。

顔を洗い、着替えたアレクは、まだ眠っているライアンに声をかける。しかしなかなか目を覚まさないので、ひとまず先にガディとエルルを探しに行くことにした。

「あ、いた」

二人はギルドの一階で、酔っ払い達に交じりぐうすか眠っていた。

随分と気持ち良さそうに寝ているが、もう朝なので起きてもらわなければならない。

「起きて。起きて、兄様、姉様」

「うぅ～ん……」

「起きてってば！」

ユサユサ強めに揺さぶると、二人はようやく目を開けた。

「アレク……？」

「うん」

「……朝か」

「そうだよ」

「……起きるか」

二人は伸びをしながら、顔を洗いにいった。

一方、二日酔いの冒険者達も起き始める。

「頭痛い……」

「気持ち悪い……」

そろって顔色が悪い。

「おじさん達、大丈夫ですか～」

「坊主……おじさんじゃねえよ……」

「こちとらまだ三十……」

「それは、おじさんじゃない？」

「うるせぇ」

否定の言葉にも覇気《はき》がない。本気で気分が悪いのだろう。

「坊主。水、取ってきてくれねぇか」

「いいですよ」

アレクは水瓶に水を汲み、コップと一緒に持ってくる。

「どうぞ」

「おう」

アレクから水を受け取った男性は、水をチビチビと飲み始めた。

「もう一度言うが、おじさんじゃねぇからな」

「いやだって三十路《みそじ》でしょう」

「三十路はおじさんじゃない。この国ではな」

「え？」

この国では、というところに何か含みを感じる。

男性は水を飲みながら、話し出した。

「昔、ある病が流行《はや》ったんだ。とんでもねぇ病だ。王が治療薬を作らせて配ったんだが……妊婦には効果が強すぎた。薬のせいで、赤子が流れてしまった」

「……流れたって」

「死んじまったんだよ。五年ほどで流行病はおさまったが、母親達の嘆《なげ》きは凄かった。俺の弟だか妹だかも、生まれてくることはなかった。二十五年前の話だ」

遠い目をした男性は、悲しんでいるようにも、苦しんでいるようにも見えた。

「……王様は凄いね。薬をすぐに作らせて配るなんて」

なんと声をかければいいかわからず、アレクがそう言うと、男性は難しい顔をして答えた。

「ただなぁ、王様の姿は誰も見たことがないんだよ。いろんな噂があるぜ？　醜《みにく》い顔をしてるとか、火傷《やけど》の痕《あと》があるとか」

「へぇ……」

「アーレクー！　おはよぉ！」

そこで、ライアンが起きてきた。

朝から元気いっぱいなライアンに、男性が顔をしかめた。

「すまんが坊主、声量を抑えてくれ……頭が痛い」

「あ、ごめんな！　おっちゃん！」

「お兄さんと呼べ……」

そろそろ限界らしい。パタリと男性が倒れた。

「おっちゃん達、めちゃくちゃ酒飲んでたもんなー。二日酔いってやつだろ！」

「しーっ。ライアン、静かに」

「朝ご飯、食べようぜ」

ライアンは良くも悪くも、いつも通りだった。


ユリーカとシオンを待ちながら、アレク達は朝食の席に着く。

学園長の姿も見当たらないが、王宮へ向かう時間になれば現れるだろう。

まだ酔い潰れている者もいる中、二日酔いの冒険者達と一緒に、賑やかな朝食が始まった。

「それにしても初開催の大会で、よそから来たあんちゃん達があっさり優勝しちまうとはな」

「ええと、すみません」

アレクは困ったように答えた。相変わらず、冒険者達の息は酒臭い。

「いや、大穴は盛り上がる。気にするな」

「そ、そうですか」

優勝の一番の功労者である双子は、もくもくと朝食を食べている。

「これ美味《おい》しいわよ」

「これも、うまいぞ。一つどうだ？」

「……二日酔いに卵料理はきつい。吐きそうになる」

ガディに皿を差し出された男性は、眉をひそめて断っていた。

「そういえば、王宮に行く時は正装しなきゃいけないのかな」

アレクの疑問に、ガディが答える。

「いや、正装の必要はないらしい。貼り紙にも書かれていた」

「意外だなぁ……」

「冒険者にも、最大限の敬意を払っているんだろ」

「実際のところは知らんがな」と続けて、ガディは肉にかぶりつく。もっとも、豪快に見えて食事のマナーは完璧だ。

エルルも負けじと食べている。

アレクはそんな二人に対し、特に何も思わなかったが、冒険者達は目を丸くしていた。

「何これ……お酒臭……」

「おはよぉ」

着替えを済ませたユリーカとシオンが階段から下りてくる。

ユリーカは鼻をつまみながら、未だ酔い潰れている冒険者をよけてこちらに向かってくる。

シオンは目をこすりつつ、覚束《おぼつか》ない足取りだ。

「こんな状況でよく食べられるわね」

「俺、元気だからな！」

「ライアンもだけど……それよりお兄さんとお姉さんが気になるわ」

朝とは思えないほどの食べっぷりに、ユリーカも驚いたようだ。

「私、見てるだけでお腹いっぱいになってきたかも」

「ユリーカ、あれ食べようよぉ……」

まだ半分夢の中のシオンが、いつも以上にぽやぽやした様子でユリーカの服の袖を引っ張る。

フラフラと揺れているシオンを見て、アレクが心配そうに言う。

「シオンの朝食、僕がもらってこようか？」

「……」

「シオン？」

「ピャ!?」

アレクが手を握ると、シオンはどうやら目が覚めたらしい。

叫び声を上げて、アレクの顔を凝視した。

「あ、あ、アレク君！」

「どうしたの」

「その、えと、隣、いいですか……」

どんどん尻すぼみになりながらもそう言うと、アレクは笑顔で頷いた。

「もちろん、いいよ！」

「はぅ」

まるで眩しいものでも見るように、シオンはアレクから顔を逸らした。

「もうちょっと進展しないものかしら……」

呆れた様子でつぶやくユリーカを見て、ライアンが首を傾げる。

「？　ユリーカ、どうした？」

「あんたの察しの悪さには、同情するわ」

「!?」

ライアンはユリーカの放った言葉に、少々傷ついたのだった。

◆　◆　◆

朝食後、学園長もギルドに現れた。

それからしばらくすると、王宮から遣いの馬車がやってきて、アレク達はそれに乗り込んだ。

やがて王宮に到着し、全員が馬車から降りる。

「では、確認させていただきます」

優勝者の証であるギルド発行の証明書を衛兵に見せると、笑顔で王宮の中に通してくれた。

ここからは、案内の従者がつくらしい。

従者に案内をしてもらいながら、アレク達は王宮の中を進む。トリティカーナの王宮より、少しばかり豪華な気がした。

今日の学園長は、妖艶《ようえん》な女性の姿で、黒いドレスを身にまとっている。

案内の従者はもちろん、王宮内の衛兵達の視線を一身に集めていた。

「いいぞ、学園長。そのまま進め」

小声で言うガディに、学園長は半眼で尋ねる。

「……どういう意味？」

「アレクが注目されると、まずいだろ」

「それは、まあ」

アレクはスミレを探すため、途中で離れることになっていた。

人気《ひとけ》の少ない場所に出たところで、学園長がアレクに目配せする。アレクはそっと輪の中から外れた。

急いでスミレを探さなければならない。

学園長達と離れて物陰に身を隠し、周囲に人がいないことを確認して、アレクはスミレの捜索を開始した。

「といっても、どこにいるんだろう……」

スミレの居場所などわからない。

闇雲に探して、見つかるものなのだろうか。

キョロキョロと周囲を見回し、誰もいないことを確認しながら素早く動く。

「やぁ」

「～～～っ！」

その時、声をかけられた。

ヒュッと息を呑み、振り返ると、笑みを浮かべた青年が立っていた。

「昨日の大会ぶりだね？　こんにちは」

「あれ……」

「覚えてない？　森の中で、ちょっと話しかけたんだけど」

アレクの頭の中に、ある青年の姿がよぎる。

一匹目のクリスタルキラーを狩った時に、感想を聞いてきた青年だ。

「お兄さん、どうしてこんなところに？」

「君こそ。どうしてここにいるのさ」

「え」

内心焦ったアレクだったが、青年は優しげに笑い続けている。

「知っているよ。大会に優勝して、聖女に会いに来たんだろう？」

「っ！」

「私のこと、怪しいと思うだろう？」

青年は、アレクの反応を面白がっているようだった。目を弓なりに細めてみせると、くるりと背を向ける。

「ついておいで。聖女に会わせてあげるから」

「お兄さん……何者なの？」

「親切なお兄さんさ」

茶化すように言って、青年は歩き始める。ついてこい、ということだろう。

頼るあてもないので、アレクは仕方なくついていくことにした。

「君は、聖女と友達なのかい」

「あ……うん。そう」

「聖女の瞳は珍しいだろう？　今は知る者も少ないが、いずれ多くの国民から慕われるようになる」

「……お兄さん、スミレのことを知ってるんだね。どうして？」

スミレの存在は、王族と一部の者しか知らないと聞いている。

アレクは警戒しつつ、青年のことを探ろうとした。

しかし――

「ふふ、どうしてだと思う？」

青年は、はぐらかすばかりだ。

「スミレのこと、どう思った？」

「……可愛いと思うよ」

「君を兄のように慕って、懐いたから？」

「それもあるかもしれないけど――」

そこまで言いかけて、アレクは言葉を呑み込む。

青年は「ん？」と首を傾げて、足を止めた。

「どうしたんだい？」

「……どうして、僕とスミレのことを詳しく知っているの？」

「……私も、スミレと話をするからね。彼女から、君のことも聞いた」

「スミレのお世話をしているの？」

「まあ、そんなとこ」

青年は再び歩き出し、アレクもそれに続く。

「スミレのことは、彼女が幼い頃から知ってる」

「じゃあ、逆に聞くけど。スミレを慕っている……というか、信仰している人達のことをどう思う？」

アレクが尋ねると、青年はしばらく悩んだ後に答えた。

「別に、何も」

「え」

「いや……強いて言うなら、可哀想だな」

「スミレを信仰している人達が？　スミレ本人じゃなくて？」

アレクは、スミレが可哀想だと思っている。

人々から慕われることは、悪いことではない。しかし、信仰となると話は別だ。

それは重荷になるだろうし、現にスミレは苦しんでいる。

しかし青年は、スミレではなく、信徒が可哀想だと言う。

「うん。そういうのに縋らないと生きていけないなんて、なんて可哀想なんだろう。自分の足で立つことができず、小さな女の子に助けてくださいって言うんだ。滑稽《こっけい》だよ」

「……信徒が嫌いなの？」

「そんなわけない。時に彼らは、スミレを守る重要な戦力になってくれる。それこそ兵士より、スミレのことを大切に思っているからね。都合の良い人形みたいだよね……おっと」

失言をしたとばかりに、青年はわざとらしく口を手で覆《おお》う。

この一連の会話で、アレクは青年に不信感を抱いていた。

このままついていっていいのだろうか。

しかしアレクが迷っているうちに、青年はあるドアの前で立ち止まった。

「着いたよ」

「あ……」

青年は、ゆっくりドアを開ける。

その先では、スミレが椅子に座り、窓の外をぼんやりと見つめていた。

「スミレ！」

「……え？」

スミレがアレクのほうを振り返る。

「お兄様」

複雑な表情を浮かべるスミレに、アレクは駆け寄る。

「スミレ、会いたかった」

「私も、です……」

スミレの元気はない。

アレクと青年を見比べて、俯いてしまう。

「その……お兄様。どうして来たんですか？」

「え？　だってスミレが助けてって……」

「助けて……？　私、そんなこと言ってません」

「でも、手紙に」

「手紙に？　確かにお別れの手紙は書きましたが、助けてなんて書いていませんよ」

会話が噛み合わない。

スミレは、ただひたすら困惑しているようであった。

「私が従者に指示したんだ。スミレの手紙に、助けを求める文章を付け足してくれって」

その時、アレクの隣にやってきた青年が事もなげにそう言った。

呆然とするアレクに、青年は続ける。

「スミレが助けを求めているのは、間違いないと思うよ。でも、言う勇気がないんだ」

「あなたが……あなたがお兄様をここに、連れてきてしまったんですか⁉」

ガタンと音を立てて椅子から立ち上がり、スミレは青年に詰め寄る。

「なんで、どうして！　通信をした時に、ちゃんと、ちゃんと言ったじゃないですか。お兄様は、幸せだったって。連れて帰れないって。私が頑張れば、お兄様はそのままにさせてくれるって――」

トリティカーナに滞在している時、スミレは青年となんらかの通信をしていたようだ。

スミレの従者にも、その通信で指示を出したのだろう。

青年は、興奮するスミレに残酷な言葉を告げる。

「あれ、嘘だよ」

スミレは悔しげに唇を噛み締めて、吠えた。

「最低ですっ……ディラン王‼」

王と呼ばれた青年は、ひどく愉快な様子で口の端を吊り上げてみせた。

第五話　不都合たる事実

アレクと別れた学園長と双子、ユリーカ達は、案内役の従者について歩き続けていた。

しかし、玉座の間は一向に見えてこない。

「その、まだですか？」

「ええ、まだしばらくかかります」

従者はそう言って、進み続ける。

いくらなんでもおかしくないだろうか。不審に思っていると、ようやく従者が足を止めた。

ちなみにここに来るまでに、一行は何度も階段を上っている。

「玉座の間は、随分高い階にあるんですね」

「はい、そうなんですよ」

従者は振り返ると、壁に手をついた。カコン、と壁の一部がへこむ。

次の瞬間、ガディとエルル、学園長の足下に大きな穴が空いた。

「〜〜っ！」

「えっ⁉」

少し離れたところにいたライアンとユリーカ、シオンが驚いて目を見開く。

「が、学園長先生‼」

「ガディさん、エルルさんも……」

三人はひどく動揺し、学園長達が消えた穴を覗き込む。

「ど、どうして⁉」

シオンが従者に叫ぶと、彼は眉根を寄せた。

「国王陛下から、このように指示があったので。あの三人は押さえ込むのが容易ではないため、外に追い出しました。あなた達は、地下牢に閉じ込めさせていただきます」

「嘘だろ⁉」

「私達、何も悪いことしてません！」

「ええ。存じておりますとも。時が来れば、解放させていただきます」

なんということだ。

非常事態の上に、階下から複数の足音が聞こえてくる。

振り返ると、たくさんの兵士達がこちらに睨《にら》みをきかせていた。

「どうする……？」

「やるか⁉」

ライアンは、ギルドから持ち出してきた剣を取り出す。

しかし、ユリーカがそれを止めた。

「体格差がありすぎるわ。下手に暴れると殺される、かも」

「っ！」

「ユリーカ……に、私も、その、賛成」

言葉に詰まりながら、シオンが同意を示す。

「じゃあ、どうするんだ～⁉」

「……逃げる！」

「え⁉」

その時、ユリーカの放った風魔法がバン！　と爆弾のように音を立てて広がった。

兵士達が怯《ひる》んだ隙に、ユリーカがライアンとシオンの手を取って走り出す。

「ちょ、ちょ⁉」

「ユリーカッ」

「このままじゃ捕まるわ！　身体強化して、とりあえず今は逃げましょう！」

ライアンとシオンも、ユリーカに続いて〔身体強化〕のスキルを使用した。

転びそうになりながら、三人は階段を駆け下りていく。しかし、大人の足に勝てるとは思っていない。

「どこか、隠れられるところを探すわよ」

「どこかって、どこだよ!?」

「……」

「わっ」

階段を下りて廊下を曲がったところで、シオンが二人の手を引き物陰に隠れた。突然手を引っ張られた二人は、驚いたようにシオンを見ている。

しばらくすると、兵士達がそのまま廊下を走っていった。

静かになったのを確認して、ライアンが尋ねる。

「どうしたんだ?」

シオンはしばらく考え込み、口を開いた。

「……えっと、学園長先生達は外にいるんだよね? ご、合流したほうがいいと思う。だから私達も、まず城の入口の近くに行こう」

「え、でも」

「入口の近くじゃゃ、すぐ捕まりそうよ」

シオンの提案に、ライアンとユリーカは難色を示す。

「一階を歩いている時に、地下に続く階段を見つけたの。……地下牢があるって言ってたでしょ？そこに隠れたらいいと思う」

「なるほど」

確かに、一度は逃げた三人がまさか地下牢にいるとは思うまい。

ユリーカとライアンは、妙案だと頷いた。

「よしっ、行くぞー！」

「声が大きい」

「スンマセン」

ユリーカに軽くしばかれて、ライアンは素直に謝った。


コソコソと隠れながら、三人はなんとか地下牢へとたどり着いた。

地下牢の見張りの兵士は二人。

「よし、正面突破」

さっそく飛び出そうとしたライアンに、ユリーカがツッコむ。

「ダメ。静かに行きましょう」

「……わーってる」

足音を立てないよう気配を殺しながら近寄り、ライアンは鞘《さや》におさめたままの剣で兵士の頭を思い切り殴る。

「!?」

「ごめんっ」

立て続けにボカン、ともう一人の兵士の頭も殴った。

気絶したのを確認して、ライアンは二人を手招きする。

「ラ、ライアン、慣れてるね」

「慣れてねーよ!?　勘だって！」

「運動神経は良いのよねぇ」

「『は』ってなんだよ」

ここにきて、軽口を叩き合えるくらいには余裕がある三人だ。

しかし地下牢という割には人の気配がなく、三人は首を傾げる。

その時、ライアンがふと違和感を覚えた。

「ん、あれ？〔身体強化〕が消えてね？」

「え？」

ユリーカとシオンも気がついた。

〔身体強化〕のスキルがいつの間にか解除されている。

「ここ、ひょっとして魔法が使えないんじゃないかしら」

「マジか」

ライアンのような例外はあるが、英雄学園には魔法頼みの生徒が多い。

ユリーカとシオンもそうだ。

魔法やスキルが使えないのは、相当な痛手となる。

「このままここにいるのは、得策じゃないわ。出るしかないわね」

「ちっくしょー！　せっかくここまで来たのに」

「あうう、ごめんね……」

「シオンのせいじゃないわよ」

三人がその場を去ろうとした時、低い声が響いた。

「……誰だ？」

一気に空気が張り詰める。

ライアンが剣を抜き、二人を自身の背に隠したところで、再び声が響く。

「誰か、そこにいるのか？」

その声は、牢屋の中から聞こえてきた。

声を発したのは男性である。

三人は、恐る恐る牢屋に近づく。そこにいたのは若い男性で、薄暗い中でも精悍《せいかん》な顔つきをしていることが見て取れた。

男性は三人を順に見つめると、悔しげに言った。

「くそ……子供か。なぜここに……奴隷か？」

奴隷という不穏な言葉に、三人は一瞬固まる。

「あ、あなたは、誰なんですか」

シオンが絞り出すような声で尋ねると、男性は慌てて謝罪する。

「不安にさせてすまない。私はこの国の王子、エヴァン・ハイル・グラフィールだ」

「王子⁉」

ライアンの叫び声に、王子を名乗った男性――エヴァンは苦笑した。

ユリーカはあくまで警戒心を崩さずに、エヴァンに鋭い目を向けている。

「王子様が、なんでこんなところにいらっしゃるんですか」

「父上の……国王の悪事を暴《あば》こうとして、捕らえられた。もっとも公《おおやけ》には、病気で床に臥せっていることになっているようだが」

「あ、悪事……？」

物騒な単語に、シオンがびくりと震える。

ユリーカが励ますように、シオンの手をそっと握った。

「そうだ。もう証拠は掴んでいる。おそらく、隠した証拠を国王もまだ見つけられていないだろう。その証拠さえあれば、国王の暴走を止められる」

「……何が起きてるんですか」

予想だにしなかった話に、三人は驚いた。詳しく事情を聞こうとしたユリーカに、エヴァンが尋ねる。

「協力してくれるかい？」

「お話次第です」

「……では、話そう」

エヴァンの神妙な様子に、三人はピンと背筋を伸ばした。

◆　◆　◆

玉座の間にたどり着いたと思った瞬間、足下に大きな穴が空いた。

自分達が穴に落ちたと気づいた途端、ガディは舌打ちをした。そして腰から短剣を取り出し、壁に思い切り突き立てる。

ガリガリガリガリッ‼　と音を立て、一瞬落下の速度が落ちるも、壁はボロリと崩れてしまい、落下自体が止まることはなかった。

やがて地面が迫ってくる。しかし、エルルが落ち着いて魔法を唱えた。

「エアクッション」

風が渦巻き、エルル達を受け止める。

「ふぅ……助かったわ、ありがと」

さほど動じていない様子で、学園長が礼を言う。

「いいわ、別に」

「おい。あそこから出られるぞ」

薄暗い空間の中、光が漏れている。三人は細い通路を進んだ先にあった扉を開き、外に出た。

そこは、王宮に到着して馬車から降りた場所——王宮の門前だった。

しかし先ほどとは違い、兵士ではなく一人の男が座っている。

男性が、こちらに気がついた。その目は暗く濁《にご》り、濃い隈《くま》ができている。

まるで亡霊のようだ。

麻布の衣服を身にまとった男の腰には、一振りの剣が見える。

「あぁ……王様が話していたのはあなた達ですか」

気怠《けだる》げに立ち上がると、男は三人を睥睨《へいげい》する。

「こんにちは……俺はここの門番をやっています。よろしければ、このままお帰り願えますか」

「通りたいから、そこをどけ」

ガディは、男に向かってそう言い放つ。

ピリッ、とした空気がその場に充満した。

「は~。話を聞かない男はモテないですぜ」

「別に、モテなくていい」

「いや、冗談です。あなた、モテるでしょう。イケメンですし」

一体、なんの話をしているというのか。

二人の会話を黙って聞いていたエルルが口を出した。

「御託《ごたく》はいいから、さっさとどいてくれない？　私達、王宮に用があるのよ」

「いや、ですから、俺は門番なんですって。どけませんよ。人の話を聞きませんね、エルル・サルトさん」

「……なんで知ってるわけ？」

気味が悪いと言わんばかりに顔を歪《ゆが》めるエルルに、門番の男は付け加える。

「俺、対象の名前は覚える主義なんですよ。王様から、あなた達を追い払うよう命令されていますので」

「わざわざ調べたの？」

「情報提供してもらったんですよ。そんな、変態を見るような目をしないでください」

エルルは、鳥肌の立った腕をさする。

その反応にショックを受けたのか、男は傷ついた様子でため息をついた。

「俺、妻がいますので……そこのところ、誤解なさらず」

「まあ、もう死んでますけど」と言葉を続けて、男は剣を抜いた。

その瞬間、恐ろしいほど重い空気が三人を包み込む。

これは殺気だ。異常なまでの。

「殺気で実力がわかるとか、書物みたいね……」

この状況にもかかわらず、学園長はそう言って笑った。

「俺がやる」

そこで、ガディが一歩前に出る。

門番の男は肩をすくめた。

「一対一をご所望ですか。いいでしょう。あなたを殺せば、後ろのお二人も諦めるでしょうし」

「……バーカ。死ぬのはお前だ」

ガディにしては、安っぽい挑発だった。

腰から短剣を引き抜き、構える。

先に動いたのは、ガディだった。

ヒュンという風を切る音とともに、ガディの銀色の瞳が男の目の前に迫る。

そのスピードに、男は目を見開いた。

がきんっ！　と剣がぶつかり合う。

攻撃が防がれたことに、ガディもまた驚いた。

すぐさまガディは後ろに飛ぶが、すかさず男はそれを追いかけ、剣を振り下ろす。

それを短剣で受け止めて、ガディはボソリと魔法を唱えた。

「ウォーターランス」

水の形をした槍が、門番の男目がけて飛び出す。

間一髪でそれをすり抜けた男が、ガディの短剣を弾こうと剣をぶつけた。

しかしガディは、うまく力を逃すことで相手の攻撃を受け流す。

次の瞬間、ガディの拳が男の頬に叩き込まれた。

バキッ！　と痛々しい音が響き、ガディもごほりと唾を吐いた。男の攻撃を腹部に一発食らったのだ。

しかし勢いを殺さずにガディは男を殴り倒し、体勢を整える。

「なるほど、強い。流石トリティカーナで有名な冒険者なだけありますね」

「ガキだからって、ナメられることもあるけどな」

ＳＳＳランクのガディとエルル。その知名度は凄いが、中には若者だとナメてかかるような輩《やから》もいる。

しかし、この門番の男はガディの実力を正しく理解したようだ。

再びガディが男に飛びかかる。

魔法による斬撃が現れ門番を襲うが、男はそれを剣で切り裂き、ガディの短剣を弾き返した。

ガディの腕に、鈍《にぶ》い痛みが広がる。骨に直接響くような衝撃だ。

久々の強敵である。

「お前、強いな」

「まあ、昔は騎士をやってましたから。今はしがない門番ですけどね」

「雇われてんのか？　お前ほどの強い奴が、ただの門番だと？」

「ちょっとした事情があるんですよ。大人の事情ってやつです。あなたも筋が良いですよ。そんなに若いのに、何を死に急ぐのですか？」

門番の男は挑発するように、ブンブンと剣を振り回した。

ガディはハッと鼻で笑い飛ばす。

「死に急ぐ、だと？」

「はい、そうです。あなたの戦い方は、切羽詰《せっぱつ》まっています。俺の仕事は単なる門番。あなた達さえ引いてくれれば……」

「引く気はない」

男の言葉を遮るように、ガディが断言する。

男はその答えを聞いて目を細め、「残念です」と返した。

「では、さようなら」

「っ！」

男はガディに向かって突っ込み、凄まじい勢いで剣を振り下ろす。

ガディがそれを短剣で防ぎ、ガキンと金属のぶつかる音が響いた。

息をつく間もないほどのスピードで、男が剣技を繰り出す。

またもやそれを防ぎ、ガディは男を睨んだ。

打ち合いは続く。

「短剣ではリーチが違うというのに……あなた、よく頑張りますね」

「はっ、余裕だなぁ？」

「うーん、結構キツイですよ」

「奇遇だな、俺もだ」

男の声音は落ち着いているが、猛攻撃をガディに浴びせている。

しかしガディも負けてはいない。

「お、らぁ!!」

激しい打ち合いは、ガディが勝利した。

男の手から剣がすっぽ抜け、鈍い銀色の刀身がくるくると宙を舞う。

ガディは、カッと目を見開く。

その瞳は短剣と共鳴するようにギラギラと銀色に光っている。

刹那《せつな》、門番の男が懐《ふところ》からナイフを取り出して、ガディに投げつけた。

ナイフが頬を掠るのにも構わず、ガディは短剣を振り下ろした。

男の左肩に、短剣が勢いよく刺さる。

しかし男が後ろに身を引いたため、短剣の入りは浅い。

ガディは舌打ちをしながら、短剣を引き抜いた。

「――それは、なんだ？」

「あ？」

ガディの問いかけに、門番の男は怪訝《けげん》そうな顔をする。

ガディの目は、男の破れた衣服に向けられていた。今しがた与えた裂傷とは別の、鎖《くさり》のような模様が覗いている。

ガディの質問の意図に気づいた門番は、衣服を直そうとする。しかし破れた衣服が元に戻るはずもなく、男は諦めたようだった。

「奴隷の紋様ですよ。この紋様がある限り、俺は王様に逆らえない。自分の意思とは関係なく、対象者に殺意を抱き続けますし、失態を犯した瞬間に心臓が止まります」

「お前、奴隷だったのか」

「まぁ……はい」

言いづらそうに肯定すると、門番は首を回した。

「別に、憐《あわ》れみとか求めてませんからね？　むしろ、憐れむくらいなら殺してください」

「頼まれなくても、殺す」

「あなたは、俺を倒すとは言わないんですね。人を殺したことがあるんですか？」

「ある」

「……嫌な時代になったものです」

門番は衣服の中からナイフを取り出し、ガディに向かって投げる。

それをガディが弾いている隙に、先ほど落とした剣を拾い上げて構えた。

「冥士《めいど》の土産《みやげ》に、覚えておいてください。俺の名前は、クロード・モイルディです」

「――クロード・モイルディ？」

男の名を繰り返したのは、ガディではなく学園長だ。

学園長は、その名前に聞き覚えがあった。ひと昔前、グラフィール一の英雄と言われた人物であったはず。

その英雄がなぜ、奴隷としてこんなところにいるのだろう。

しかも彼は、足の負傷をきっかけに一線を退《しりぞ》いたと記憶している。しかし目の前の男は、足の負傷など感じさせないほどの動きだ。

「おや、フィース・トルシエさんは、俺のことを知ってます？　照れるなぁ」

「俺はお前を知らん」

「あはは」

適当に笑って、門番の男――クロードは剣先をガディに向けた。

「さ、殺し合いを続けましょ」

「あぁ」

その二人の様子に、エルルはやっぱり気味が悪いと顔をしかめた。

◆　◆　◆

アレクは、スミレが青年をディラン王と呼んだことに、ひどく驚いた。

「ディラン王⁉」

「言ってなかったけど、そうだよ」

平然と言ってのける青年だったが、アレクには信じがたい事実だった。

なぜならその青年は、あまりに若かったから。

どう見ても二十代になったばかり。下手したら、十代かもしれない。

「お兄様、騙《だま》されないでください。ディラン王は、かなり歳を食ってますよ」

「でっ、でも若くない？」

「見た目で誤魔化《ごまか》しているんです」

スミレに反論するように、ディラン王が口を挟む。

「ひどいな。ちゃんと若返ってるよ」

ディラン王は、アレクに目を移した。

「君は、紫の髪と瞳を持つ少年だろう？　今はカラーリングで隠しているようだが」

「なっ」

なぜ、それを……

呆然とするアレクを見て、ディラン王は楽しげに言う。

「スミレの未来予知からの情報だ。といっても、スミレがトリティカーナに行く前の情報だけどね」

「っ……ごめんなさい」

今にも泣き出しそうな表情を浮かべて、スミレがアレクに謝罪する。

しかし、アレクはスミレを責めるつもりなどなかった。

「それより、王様……は、僕をどうするつもりなの」

「簡単だよ。君をこの国に迎えたい。そのために、君がここへ来るように仕向けたんだ。ギルド主催の大会も、君が王宮に来やすくするためだよ。そもそも、他国にそう簡単に入れないだろう？すべて私が目を瞑っていたからなんだ」

驚くアレクに、ディラン王は続ける。

「スミレの重荷を一緒に背負ってあげるといい」

「……悪いんですが、僕はスミレを迎えに来た。ここで暮らすためじゃない」

アレクは、そう言い切る。「ふむ」とディラン王は興味深げに頷いた。

「君はさ……スミレがここから離れられると思っているのかい？」

「そうだけど」

「スミレの体質については？」

「……知ってる」

魔力暴走体質。

特殊な注射を打たなければ、スミレは魔力暴走を起こしてしまう。

「注射がないと、スミレは生きていけないんだ」

「でも、他に方法があるかもしれないじゃないか」

「いや、ないよ。だって、そう創られているんだから」

「――は？」

創られている――ディラン王はそう言った。

その言葉の意味が理解できず、アレクは眉をひそめる。

「スミレはさ、私の大切な、唯一の成功例だよ？　どこにも行かせるわけないじゃないか」

「成功例……？」

アレクが困惑する中、スミレが低く唸った。

「……デタラメはやめてください」

怒りを隠そうとせず、スミレはディラン王を睨みつける。

しかしディラン王はスミレには構わず、アレクに問いかける。

「君、この国で流行った病のことは知ってる？」

「……二十五年前の、流行病のこと？」

「そう！　この国に来たばかりなのに詳しいね。実はあれ、実験だったんだ」

ディラン王は、場違いな笑みを浮かべた。

「…………………じっ、けん？」

「そう。スミレも知らないことだ。せっかくここまで来てくれたんだし、教えてあげよう」

ディラン王は、先ほどまでスミレが座っていた椅子に腰かけた。

アレクは混乱するばかりで、ディラン王の言葉の意味がわからない。

一方のスミレは、その時ふと、ディラン王が密かになんと呼ばれているかを思い出した。

国民にとって、彼は謎の国王として知られている。

しかし、彼をよく知る数少ない人物はこう言う。

異常者。

目の前の国王は、ゾッとするような、薄っぺらい笑みを浮かべて話し始めた。


ディラン王は、物心がついた頃から、他の人間とは違っていた。相手の気持ちがわからず、命の価値も理解できない。

それは、誰よりも本人が自覚していた。

彼は兄弟を殺し、親を殺し、やがて王位に就いた。狡猾《こうかつ》に事を進めたので、その真実を知る者はいまやいない。

前王の統治を引き継ぎ、悪政を敷いているわけではない。グラフィールは、表向きは平和な大国であった。

現在、ディラン王以外の王族は、王子であるエヴァンのみ。エヴァンは、王の一時の好奇心で作られた子供である。

ディラン王の一番の興味は、四大王国の王家に伝わる天使にあった。前国王が兄に話している内容を、偶然聞いていたのだ。

紫の髪と瞳を持ち、かつて地上最大の危機を救ったと言われている天使。その強大な力を自らも得たい。

その思いに取りつかれた王は、自らの肉体すらも使い、様々な実験を繰り返した。

あらゆる禁忌《きんき》に手を出し、やがて若返りには成功したが、自身が強大な力を得ることは叶わなかった。

そこである時、ディラン王は計画を思いつく。

生まれる前の赤子に膨大な魔力を流し込めば、天使のように強大な力を持つ者が生まれるのではないかと。

またもあらゆる禁忌を犯し、実験に明け暮れ、ある薬が完成した。問題は、その薬をどのようにして子を宿した母親に投与するかだ。

ちょうどその頃、グラフィールである病が蔓延《まんえん》した。その病自体は、それほど珍しいものではなかったが、国王はこれを利用することにした。

他国に支援を求めれば、早々に解決しただろう。しかしあえて国を封鎖して病を終息させなかった。そして治療薬を民に投与し、子を宿している女性には治療薬とともに、例の薬を投与したのだ。

その薬は、胎児に膨大な魔力を注ぎ込み、体質を変化させるものだった。

しかし、この計画は五年ほどで頓挫《とんざ》する。

理由は簡単だった。

胎児が実験に耐えきれなかったのだ。

ディラン王は、落胆の色を隠せなかった。

本当は実験を続けたかったが、このままでは子供が生まれず、いずれは国が傾いてしまう。

こうして、人工的に天使を創り出す計画を諦めたディラン王だったが――

十数年後、盗みで捕まったという子供の瞳の色を見て、王は驚愕《きょうがく》した。

その子供の瞳は、紫に近いスミレ色をしていたからだ。明らかに、実験の成功者だった。

しかし、実験を諦めてからかなりの年月が経っている。

その子供を引き取り、ディラン王は子供について調べた。

子供の両親は、魔法に秀でた者達だった。父親は医者であり、国で病が流行っていた頃、生まれる前に命を落とす子供が多いことに疑問を抱いたらしい。

独自に研究を進め、ディラン王が投与する薬による影響だと突き止めた。

しかしそれを突き止めたのは、子を宿した妻が薬を投与されたあとだった。父親は魔法と医学の力を使い、妻を長い眠りにつかせた。

それから何年も研究を重ね、ようやく妻に子を生ませるための方法を導《みちび》き出した。しかし生まれたばかりの子供は、膨大すぎる魔力を制御することができなかった。

両親は、それぞれの命を懸《か》けて娘の魔力を封印したのだった。

その後、赤子はスラムの者に拾われ、それから数年間、スラムで暮らしていた。

ディランは子供の体をくまなく調べて研究し、魔力制御の注射を作り出し、その封印すらも解いた。

しばらくの間、子供の魔力は落ち着かなかったが、やがて注射により安定するようになり、さらには未来予知の力までも開花した。

しかし、子供はその体に宿る強大な力を使いこなすことはできなかった。

未来予知は曖昧《あいまい》な夢のような形で発現し、コントロールできるわけではない。魔法を使うこともできるが、こちらもそれほど威力はない。

子供はやはり、創りものだったのだ。

しかし、ディランは彼女のことを天使として愛している。

そして同時に、少女が予知したアレクという少年にも強い興味があった。


長い話を終えたディラン王は、こう結んだ。

「――だから、スミレはこの国から離れられない。私が親のようなものだ」

実験、天使、流行病、治療薬……命を落とした両親。

スミレの中で様々な感情がぐるぐると渦を巻き、やがて弾けた。

「う、嘘はやめてください。くだらない冗談なんて、いりません」

「冗談なんかじゃない。本当のことだ。息子のエヴァンに過去の計画を知られた時には、焦ったよ。葬《ほうむ》るにも、この国の第一王子だからね。すぐには難しいから、今は牢屋に閉じ込めているんだ」

ディラン王は、相も変わらず軽い調子で言う。

スミレはズキズキと痛む頭に手を当てて、ふらりとよろめいた。

そんな彼女を、アレクが支える。

「それが本当だったとして……なぜ僕達に言うの？　僕達がそれを公表したら、大変なことになるのに」

「さっきも話したけど、スミレはこの先もずっと私のもとから離れられないし、君にはスミレを支えてほしいからね。知っておいてもいいことかなって。それに、君達がそれを公表したところで誰が信じると思う？　証拠もないのに」

ディラン王の言葉に、スミレの顔色がますます悪くなる。

アレクは、心の底から嫌悪感が込み上げてきて叫んだ。

「な、何を思ってそんなことを……!!　自分の好奇心や関心のためだけに、人を利用して、傷つけてきたってこと⁉」

「傷つけるということがどういうことなのか、わからないけど……端的に言えばそうなるのかな」

「なんとも、思わなかったの……⁉」

「君はどう思った？」

アレクの喉から、ひゅっと空気が漏れる。

ディラン王は、繰り返した。

「君は、どう思ったんだ？」

「僕は……あなたが、怖い」

「そうか、そうか」

満足そうに何度も頷いてから、ディラン王は薄く笑みを浮かべた。

「私は、そうだな……『強いて言うなら、達成感』かな」

「‼」

ディラン王の言葉に、アレクは息を呑んだ。

それは、魔物を討伐することに対してどう感じるか問われた時に、アレクが口にした言葉だ。

「スミレを見つけた時には、ようやく私の実験が実を結んだと、嬉しくなったよ」

「達成感……そんなの、おかしい」

「おかしいかい？」

ディラン王は、不思議そうにアレクを見る。何がおかしいのか、まったく理解していない様子だった。

「なぜそう思う？」

「人を利用するなんて間違ってる。そもそも、そんなことを考えるなんて……」

「君が魔物を殺すのと、何が違う？」

アレクは、すぐに答えることができなかった。

「それとこれとは、わけが違うかい？　だが君は、君の意思で魔物を殺したと話したよね。だから、罪悪感を抱くのは違う気がすると。私は、私の意思で民を利用した。だから、罪悪感を抱く必要はないだろう？」

「……だけど、あなたがやったことは……間違ってる！　命を弄《もてあそ》ぶこと……それだけは、しちゃいけない」

「ほう。それが君の答えか。ではスミレ、君はどう思う？」

「……」

「まあ、答えられないか」

スミレは、未だに呆然としている。

アレクに支えられ、なんとか立っているという状態だ。

ディラン王の質問に答える余裕などない。

アレクはスミレの肩に置いた手に力を込めて、ディラン王に言う。

「僕は、もうこの国を出るよ。スミレと一緒に」

アレクには、ディラン王の考えなど理解できない。

一刻も早く、スミレをここから連れ出したかった。しかし、ディラン王は「だから、無理だよ」と言う。

「無理なんかじゃない」

「だけどさ、ほら」

「お、にぃ、さま」

スミレの顔色が悪い。

それは先ほどからだったが、どうもそれだけではなく、様子がおかしい。苦しげに胸を押さえて、荒い息を吐いている。

「魔力暴走だよ。しばらく注射を打っていないからね」

「っ、スミレ!!」

アレクは、慌ててスミレの顔を覗き込む。スミレの呼吸は、どんどん速くなっていった。

どうすべきか考えあぐねるアレクに、ディラン王が話しかける。

「注射、あげようか?」

「!」

その手に握られていたのは、スミレの魔力暴走を抑える注射だ。

注射があれば、スミレはひとまず助かる。

思わずアレクが注射に手を伸ばすと、ディラン王が嫌な笑みを浮かべた。

「その代わり、私の願いをきいてもらえないか?」

「……なんですか。早くしてください!」

「君の中にいるナニカに、会わせてくれないだろうか」

その瞬間、アレクの内側が蠢《うごめ》いた気がした。

第六話　格好つかない彼

アレク達がディラン王と対峙している頃——

ライアン達もまた、エヴァンの口から真相を聞いていた。

「とんっ……でもねぇな!　王様!」

話を聞き終えたライアンが憤慨《ふんがい》する。

こんな残虐な実験が行われていいはずがない。

ユリーカとシオンも、怒りを隠し切れなかった。

「自分の国の人をそんなふうに扱うなんて」

「ひどいよ……こんなのって」

「ああ、その通りだ。私は父上の気まぐれで生まれた存在ではあるが、それでも第一王子。これ以上、父上の好きにさせるわけにはいかない」

エヴァンは、力強く言い切った。

「その、王太子殿下」

ユリーカが声をかけると、彼は「エヴァンでいい」と答える。

「じゃあ、エヴァンさん。あなたは、本当に第一王子なんですか？　もしかしたら嘘をついている、とんでもない犯罪者とかじゃないんですか？」

ユリーカの言葉に、ライアンとシオンは驚いた。エヴァンの話を聞き、つい先ほどまで憤《いきどお》っていたのに。

しかし、ユリーカの疑問はもっともだ。

「今、この場には証拠がない。だが、どうか信じてほしい」

エヴァンは、真摯《しんし》な瞳でユリーカを見つめた。

ユリーカは、その澄んだ眼差しを信じることにした。

「……わかりました。ですが、嘘だとわかったら締め上げますからね」

「承知した」

凄むユリーカを見て、ライアンがつぶやく。

「こえぇな、ユリーカ」

「うるさい」

すぐさまライアンに拳骨が飛んでくる。

しかしエヴァンは気にすることもなく、ユリーカ達に尋ねた。

「ここは魔法が使えない。君達、牢屋は壊せるか？」

「うーん、いけっかなぁ」

ライアンが剣を構えるが、そこでシオンが妙案を思いついたらしい。

「スキャリー、来て！」

シオンがそう言うと、目の前の空間に穴が空き、彼女の召喚獣であるウサギのスキャリーが出てきた。

「キュー！」

可愛らしいスキャリーは、人の言葉を話すことができない。しかしシオンとの意思疎通はばっちりだ。

「そっか、召喚獣は呼べるんだ」

シオンに抱きつくスキャリーを見て、ユリーカがなるほどと頷く。

しかしユリーカとライアンが召喚獣を呼んでも、現れることはなかった。

「あれ……？」

「なんでだぁ!?」

不思議がるユリーカ達に、エヴァンが言う。

「二人の召喚獣は、魔法の力が強いんだろう。この地下牢では、魔力が阻害される。君の召喚獣の特徴は？」

その問いかけに答えるよりも早く、シオンの腕からスキャリーが飛び出した。

そして牢屋の鉄格子に噛みつく。

「キュー！」

バキッ！　と鉄格子が砕かれて、バラバラと地面に転がる。

「スキャリーは物理系で、力持ちなんです」

「そうか、力自慢の召喚獣か。良い子だな」

褒めて褒めて！　と言うように、スキャリーがシオンのもとに戻る。

しかしその時、「何事だ⁉」という兵士の声が聞こえてきた。

鉄格子を壊した音は、思いの外、響いたらしい。それからすぐに、足音が近づいてくる。

「やべっ、早く出ないと！」

「スキャリー、お願い！」

「キュウ！」

現れた兵士達に向かって、スキャリーが飛び出した。

「ウサギ⁉」

「グア！」

スキャリーが頭突きをかますと、鈍い音とともに二人の兵士は倒れた。

「すげぇ……」

「スキャリー、あんなに動けたのね」

ライアンとユリーカが感心したようにつぶやく。

「でも、私の体力のなさが関係しているのか、あまりたくさんは動けないんだ」

シオンの言葉通り、スキャリーはどうやらバテてしまったらしい。

「キュウ」と一鳴きして、そのまま消えてしまう。

「ありがとうスキャリー」

シオンは、スキャリーの消えた空間に向かってお礼を言った。

「よぉし、俺達も呼ぶぞ！」

「そうね」

エヴァンを連れて地下牢から出ると、ライアンとユリーカも召喚獣を呼び出す。ライアンの召喚獣は、ライオンのタイショ。ユリーカの召喚獣は、ケット・シーのオルタスだ。

「どうしたんだライアン？　なんか急に、スキャリーが消えたと思ったら……うおお!?　どういう状況!?」

「落ち着きなさい、タイショ」

慌ただしいタイショに、オルタスがツッコむ。

その姿は、主人であるライアンとユリーカにそっくりだ。

「タイショ、乗せてくれ！」

「おう!?　りょ、りょーかい！」

大型の召喚獣は、小さくなることもできる。子犬くらいの大きさだったタイショだが、ブワリと膨らんで、元の大きさに戻った。

ライアンは後ろを振り返り、エヴァンに声をかける。

「乗ってくださいっス！」

「え、いや、でも……」

「安心してくださいっス！　タイショ、乗り心地良いっスよ！」

「じゃ、じゃあ、お言葉に甘えて……」

遠慮がちに、エヴァンはタイショの背にまたがる。

ライアンは、シオンも促した。

「シオンも乗れよ」

「わ、私も？」

「おう。走んの、あんまり得意じゃないだろ」

「う、ごめん」

「気にすんな」

シオンはライアンに気を遣わせてしまい悔しく思ったが、まったくもってその通りなので、大人しくタイショにまたがった。

ユリーカは、オルタスに向かって手早く状況を説明する。

「今、ちょっと大変なことになってるの。私達とこの城の兵士は、敵対してるわ。さっきまで隠れてたんだけど、多分もう気づかれた。私達が今すべきことは、兵士を薙《な》ぎ倒して、エヴァンさんを部屋まで送り届けること」

「了解した、主《あるじ》」

「ありがと」

「よっしゃ！　行くぞ！」

ライアンのかけ声とともに、ユリーカとオルタスが先陣を切って飛び出す。

ユリーカの予想通り、兵士達はこちらに気づいていた。

次々に集まってくる兵士達の攻撃をユリーカが魔法でいなし、オルタスが蹴飛ばした。

「っ、主！」

「あ」

ユリーカの背後に立った兵士に、ライアンが斬りかかる。しばらくその兵士とやり合っていたが、ほどなくして力尽きたのは兵士だった。

「大丈夫か!?　ユリーカ！」

「……相変わらず、剣の腕前は凄いわね」

「それ、褒めてんのか!?」

「そーよ。でも……暴れすぎじゃない？」

ライアンの両腕には、細かい切り傷がいくつもあった。

「ライアン、こっちに来て！」

「おぅ」

シオンに呼ばれて、ライアンが駆け寄る。

するとシオンは、ライアンの切り傷に治癒魔法をかけた。

「あんまり……無茶、しないでね」

「わーってる」

適当な返事に、シオンは不安になる。しかし、今はライアンを信じて進むしかない。

シオンはエヴァンに尋ねた。

「部屋は、どの辺りですか？」

「……五階だ。案内する。まずは、ここをまっすぐ進んで、つきあたりを左だ」

「わかり、ました。ユリーカ、ライアン！　ここをまっすぐ！」

「了解！」

ユリーカとオルタスの誘導のもと、一行は進んでいく。

しかし兵士の数が多く、体格差があるせいで、なかなか苦戦してしまう。

「じれったい……！」

「あ～～～！　なんとかなんねーのかよ～～！」

「ライアン！　うるさい！」

「ごめんってば！」

言い合いをしながらも、二人の連携は見事なものだ。そこにオルタスの補助が加わるので、かなり安定している。

しかし、徐々に疲労の色が表れてくる。

「くっっそ！」

痺《しび》れを切らしたライアンが、タイショに向かって叫ぶ。

「突っ切れ!!　俺達がここを抑える!!」

「おう!!」

「えっ、ライアン!?」

タイショがスピードを速めたので、シオンが驚きの声を上げる。

そこに、ユリーカが付け足した。

「エヴァンさんをお願い！　シオン！」

「～っ、うん！　わかった！」

兵士達を振り切り、タイショの背が遠ざかっていく。

「さてっ、気張んぞ、ユリーカ、オルタス！」

「誰に言ってるのよ……」

ライアンの言葉に呆れつつも、ユリーカは気合を入れる。

「やるわよ、オルタス！」

「任せろ、主！」

◆　◆　◆

その頃、ガディとクロードの戦いも続いていた。

両者一歩も譲らぬ猛攻だったが、ガディが僅かに押しているといったところか。

しかし、そこで戦況に変化が訪れた。

「あ……？」

ガディの視界がぐにゃりと揺れた。

思わず膝をつくと、クロードは笑った。

「ようやくですか。あなた、猛獣か何かですか？」

「……てめぇ、何をした」

「先ほど投げたナイフです。アンチホーンラビットの毒を仕込みました」

「アンチホーンラビット⁉」

学園長がその名前を聞いて叫んだ。

それはかつて、アレクの婚約者であるシルファを苦しめた、毒を持つウサギの名前だ。

しかもその毒は治癒魔法を弾くため、対処法がない。

シルファは、アレクの魔力を込めたカプセルにより助かったが、今のガディは、のんびりカプセルを飲んでいる余裕などない。

「苦しいでしょう？　あれだけ動き回ったんですから、毒の回りも早いはず」

戦いによる興奮で痛みは感じないし、毒のせいもあるのか、体が燃えるように熱かった。

「チッ」

舌打ちするガディの隣に、エルルが立つ。

「調子に乗るからそうなるのよ」

呆れた様子のエルルに、ガディは不満げに言い返した。

「あいつ、卑怯《ひきょう》だぞ」

「卑怯も何もないでしょ。これはガディの失態」

「む」

「……何？　これだけでへばるの？」

「なわけねーだろ」

「いつものように、一緒にやりましょ」

エルルも、短剣を引き抜いた。

エルルが得意としているのは魔法だが、この場では、ガディと共闘するのに相性が良い短剣を選んだらしい。

ガディは、「ふはは」と笑い声を漏らす。

「あぁ、やる」

「良い返事」

エルルは、自分の片割れが毒を食らったというのに、冷静だった。

薄情に見えるかもしれないが、そうではない。エルルは、ガディに絶大な信頼を寄せているのだ。

「一対一じゃなくても、いいかしら？」

エルルの問いかけに、クロードは構わないと答える。

「じゃあ、お先に」

エルルはそう言って、地面を蹴った。

彼女の攻撃はガディの荒々しいそれとは違い、まるで舞踊のような美しさがあった。くるりと身を翻《ひるがえ》すと、一気に距離を詰めてしかける。

クロードがそれを受け止めた瞬間、ガディが横から飛び出した。身を捻《ひね》り、間一髪でその攻撃を回避する。

しかし、すぐさまエルルの短剣が迫った。

彼女の短剣はクロードの髪を掠り、焦茶色の髪がパラリと一房空《くう》に舞った。

二人の連携攻撃に、クロードの余裕もなくなる。

当然だ。生まれた時からずっと一緒にいる双子は、互いのことが手に取るようにわかる。通じ合っている二人の連携攻撃には、誰も敵《かな》うはずがない。

クロードは、信じられないといった様子でガディを見た。

アンチホーンラビットの毒を受けているのに、なぜ動けるのか不思議なのだろう。

ガディの攻撃は、より激しさを増したと言ってもいい。

ガディは今、これまで体験したことのないような極限状態に陥っていた。

クロードが素早くかがみ、エルルの足を払う。しかしエルルの体が傾いたところで、ガディがクロードの頭を殴った。続けて、エルルの手から放たれた魔法が小さな爆発を引き起こす。

それはクロードに直撃し、灰煙が上がる中、ガディが短剣を振りかぶった。

次の瞬間――

「がはっ」

ガディの口から赤黒い血が溢れ、動きが止まった。

アンチホーンラビットの毒は、ガディの全身を蝕《むしば》みつつある。

それを見逃すほどクロードは甘くない。

「ガディ！」

エルルはガディの服の襟を掴み、力の限り後方へ放り投げた。

エルルの腹部に、クロードの剣が食い込む。

エルルが苦痛に顔を歪めたところで、クロードは一気にたたみかけようとした。


ドスッ！


その時、クロードの足を縫《ぬ》いとめるように、一本の矢が彼の足に突き刺さった。

エルルは、その矢が飛んできたほうに目を向ける。そこには、弓を手にした学園長の姿があった。

隙をつかれたクロードの手に、エルルはすかさず短剣を突き立てる。

そして顔を上げると、ガディが短剣を手に、こちらへ走ってくるのが見えた。

エルルとガディの目が合う。その瞬間、二人は同じ光景を思い出していた。

「強さの定義って、なんだと思う？」

ある時、双子達が師と仰ぐクーヴェルがそんなことを尋ねてきた。クーヴェルを師匠と呼び始めて数年が経った頃のことだ。

「そろそろ教えておこうと思ってな」

アレクは、すぐそばで眠っていた。

ガディとエルルは、いつになく真面目な表情のクーヴェルに面食らいつつ、次の言葉を待った。

「お前達は、人と戦ったことがあるか？」

「まあ」

「人を殺したことがあるか？」

「……うん」

冒険者をしていた二人は、警察では手に負えない凶悪犯を手にかけたこともある。

「その時、身はすくんだか？」

「……怖くなかった、といえば嘘になるわね」

「だろう。誰だって死ぬのは怖い。武器を振り回している間は、人は無敵の気分になれる。だが例えば大きな怪我を負い、それを認識してしまえばもうダメだ。体が動かなくなる」

「治癒魔法があっても？」

「そうだ。治癒魔法は万能じゃない」

ガディは、結論を急ぐように口を開いた。

「つまり強いやつっていうのは、死を恐れないやつのことなのか？」

ガディの質問に、クーヴェルはしばらくポカンとした後、大爆笑した。

「はははははははっ!! そ、そう来たかぁ」

「師匠!!」

馬鹿にされたようで、思わずむくれたガディに、クーヴェルは謝る。

「わ、悪い悪い。ただな、死を恐れないなんて無理な話だよ。生きてる限り、誰だって無理だ。いくら死を望んでいても、無意識に生存本能ってやつが働く。いいか、よく聞け」

そして、クーヴェルはガディとエルルの目をじっと見つめ、こう言ったのだ。

「先に相手を屈服《くっぷく》させせろ。お前らには、それだけの力がある。死を恐れる前に、恐れさせせろ。で、最後まで自分の命にはしがみついとけ」

——クロードとの戦いの中で、ガディとエルルは終始、相手を恐れさせることができなかった。

だが二人とも、自分の命を諦めることはなく、しがみついていた。

一対一で始めた勝負だ。エルルの参戦と、学園長の援護射撃は、褒められたものではないだろう。

しかし、それでも。

クロードはエルルに手を刺されながらも、ナイフを取り出してガディに投げ放つ。

それをしゃがんで躱《かわ》し、ガディはクロードの胸に短剣を突き立てた。

ナイフを引き抜くと、大量の血が宙を舞った。

クロードは驚いているようにも見えたし、どこか安堵しているようにも見えた。

どれほど追いつめられても、止まることのなかったクロード。

彼は、ガディとエルルが戦ってきたどの相手よりも、強かった。

「あぁ……ミュリン。やっと、君の、もとへ……」

クロードが掠れた声でつぶやくのが聞こえた。

ミュリンというのは、亡くなった彼の妻だろうか。

ドサリと倒れ込み、うつろな目をしたまま微笑むクロード。やがてその瞳から、光が失われた。

「………」

終わった。ようやく終わった。

ガディもエルルも、ボロボロである。

「お疲れ様、ガディ。ちょっと、大丈夫？」

「いける」

「ちょっと君達！　血まみれで……あー、アレク君になんて言えばいいの」

学園長が、満身創痍《まんしんそうい》の二人のもとへ走り寄る。

しかしガディとエルルは、構わず王宮の中に進もうとする。

「行くぞ、中に」

「待った！　その前に治すから、座って！」

「私は別に……」

「お腹に穴空いてるでしょう！」

「俺も平気だ……ゴフッ」

「あーーーー!!」

ガディが再び血を吐いたのを見て、学園長が絶叫した。

懐からアレクの作ったカプセルを取り出し、ガディの口にツッコむ。

「もごもごもごぐっ」

「早く飲んで!!」

「待って、学園長。窒息するわ」

「君も治すから、動かない‼」

それからしばらくして、学園長はなかなか言うことをきかない二人の治療をなんとか終えたのだった。

◆　◆　◆

「僕の中の、ナニカ？」

ディラン王の要求がとっさに理解できず、アレクはポカンと口を開けた。

「そう。君の中にいる、謎の人物だよ。きっとその人は、私の欲しい情報を知っている。だから会わせてほしい」

「あ、え？」

その時、ようやくアレクは理解した。

ディラン王が言っているのは、オウのことに違いない。とはいえ、アレクの意思でオウを呼び出すことはできそうもなかった。

「でも――」

「ああ、その前に、もう一つ聞いておきたいことがあった。君――いや、君達の言う普通とはなんだ？　残酷とはなんだ？」

ディラン王の質問の意図がわからず、アレクは困惑する。それに、スミレのことも心配だ。

しかし、ディラン王はアレクの答えを待っている。仕方なく、思いついたことを口にした。

「普通っていうのはわからない。多分、僕も普通じゃないから。でも、残酷はわかる。あなたみたいに、命を弄ぶのは残酷だ。……あなたは、命を奪うことを楽しんでる」

「君は楽しくないのかい？　魔物を殺す時、愉悦《ゆえつ》は感じないと？」

「感じない」

これは断言できる。

「ふむ……この城には、ある門番がいてね。かつてこの国一番の英雄と謳《うた》われた騎士だ。足を負傷していたが、私の治癒術……実験のおかげで治すことができた。私はそれからも、男に騎士を続けてほしかった。しかし、男はそれを拒んだんだ。もう戦いたくはないと言ってね」

そしてディラン王は、その門番の話を始めた。

かつて騎士だったという男は、あまりにも悲しい過去を背負っていた。

本人はもう剣を握らないと決めたというのに、ディラン王はそれを許さず、男の妻を人質としたらしい。

男は激怒し、ディランを殺そうとした。しかし、それは失敗に終わる。

その後、奴隷紋を刻まれた男は、この王宮の門番となった。

さらに男の妻は、もう用はないと、ディラン王に殺されたという。

「男の妻に、私は普通ではない、残酷だと散々言われてね。だが、それがどういうことなのかわからない。だから君にも尋ねてみたんだけど、やっぱりわからないな」

ディラン王の話に、アレクは体を震わせた。この王の話には、一つとして理解できるところがない。

その時、スミレが苦しげに呻《うめ》いた。

アレクは、ハッと我に返る。

「あぁ、スミレには悪いことをしたね。話が長くなってしまった。それで、君の中の人物と会わせてくれるかい？」

「わ、かった。わかった！　会わせる……会わせるから、早く」

スミレに注射を――

そう言おうとしたが、ディラン王は首を横に振る。

「先に、会わせてほしい」

もうなりふり構ってはいられない。

アレクは、自分の中にいるであろうオウに向かって語りかける。

「お願いだから出てきて。お願い」

――しかし、それに返答はなかった。

「……」

いくら声をかけても、何も起こらない。

いつもは、アレクが望みもしないのに、夢に現れるのに。アレクがこれほど困っている今、来てくれてもいいだろうに。

やがてアレクの目に、涙が浮かぶ。

「お願いだから……スミレが、死んじゃう」

「……なぜだ？」

アレクが気づくと、ディラン王がすぐ目の前に立っていた。

その怖いほど真剣な表情に、アレクは息を呑む。

ディラン王に肩を掴まれ、思わずよろけた。

「なぜ出てこない？　私が、ここまで欲しているのに？　なぜだ？」

「いっ……」

肩を掴む手に、さらに力がこめられる。

痛みにアレクが体を強張《こわば》らせるも、ディラン王は力を緩めない。

「私は、あなたに興味があるんだ。出てきてくれ、出てきて、出てこい」

しかし、やはり返事はない。アレクの中は、異様なまでに静かだ。

「あなたが出てこないなら、そうだな、かつての事件を再現――」

その瞬間、ディラン王の頬に拳が叩きつけられた。

衝撃で、ディラン王が尻もちをつく。

「触るな」

アレクの瞳は、何色か判断のつかない状態に変化していた。いつの間にか、髪の色も本来の紫へと変わっている。

そしてディラン王を見下ろすその目は、あまりに冷たいものだった。

「は、はは。やっと、やっと出てきてくれたね」

「出てくるつもりはなかった。お前が、余計な真似をするからだ。いいか、これ以上この子に関わるな」

しかし、ディラン王は意に介した様子もなく口を開く。

「だけど、いいの？　それなら、スミレはこのまま死んじゃうよ？」

「私はどうだっていい。人間が死のうと、興味などない」

「人間？　違うだろう。この子は天使――」

「我々を侮辱するな。このような紛いものを作り、あまつさえ天使と呼ぶとは……」

アレクの――否《いな》、オウの表情に、あからさまな怒りが滲《にじ》んだ。

一度溢れた感情は止められず、不穏な空気が渦巻いていく。

「我々の領域を図々しくも踏み荒らすな。流石に不愉快だ」

「なぁ、聞かせてくれ。天使は、実在したのだろう？　一体どのような形をしていた？　どのような力があった？　人との交流はあったのか？」

その時、ディラン王の体が吹っ飛んだ。そのまま凄い勢いで壁にぶつかり、王は低く呻く。

オウの足元には、ディラン王が落とした注射器が転がっていた。

「……ふん。人間はつくづく愚《おろ》かだな」

オウはその注射器を拾い上げてつぶやき、興味がないといった様子でそれを放り投げた。

「くだらん」

注射器は、偶然にもスミレのすぐそばまで転がる。

「う……」

スミレは、朦朧《もうろう》とする意識の中でそれを見つめていた。

残り少ない力を振り絞り、死に物狂いで注射器を掴むと、自分の腕にぐっと刺す。

「っ……」

薬を注入したものの、スミレはまだ動けない。

なんとか頭だけ動かすと、吹き飛ばされたディラン王のそばに、アレクの姿をした誰かが歩いていくのが見えた。

「もう一度言おう。これ以上この子に関わるな。じゃないと、私の無関心も殺意に変わるだろう」

アレクの声のはずなのに、別人の声に聞こえる。

一切の感情を削ぎ落とした、冷酷な響きの声。

このままだと、アレクがどこか遠くへ行ってしまう気がした。

「お兄様……」

早く、帰ってきて。

縋るように祈り、スミレはそうつぶやいた。

第七話　バカ。

「ここですか!?」

「っ、そうだ、ここだ！」

タイショの背にまたがったシオンとエヴァンは、なんとか兵士を振り切り、目的地であるエヴァンの部屋にたどり着いた。

タイショから降り、シオンがドアに手をかけるが、鍵がかかっている。

「あ、開かないです……」

困った表情を浮かべ、エヴァンを見つめるシオン。

しかし、先ほどまで牢屋に閉じ込められていたエヴァンは、鍵を持っていないらしい。

「よっしゃ、任せろ！」

タイショはそう言うと、エヴァンも背から降ろし、ドアに向かって体当たりした。

大きな音とともにドアが壊れ、いびつな形に歪む。

「これで、中に入れるぞ！」

「タイショちゃん凄い！」

「もっと褒めろ！」

キャ〜ッと盛り上がるシオンとタイショだったが、そう呑気《のんき》にもしていられない。

部屋に入ると、壁一面に本棚が備えつけられており、たくさんの書物が並んでいた。

エヴァンはある本棚の前に駆け寄り、並べられた書物を確認する。

「良かった、処分されていないようだ」

エヴァンは、安堵に胸を撫で下ろす。

「証拠は、どこにあるんですか？」

シオンが尋ねると、エヴァンは本棚から一冊の書物を取り出して答えた。

「少々複雑でな」

エヴァンは書物を開き、ぶつぶつと何か唱える。

すると書物が光り始め、内容が書き換えられていった。

「……!?」

「これは、私が十年かけて集めた証拠だ」

「十年……」

「な、長《なげ》ぇな」

シオンとタイショは、驚きに目を見開く。

「それくらいかけないと、駄目だった。この資料を警察に届けて公表する」

「……信じてもらえるでしょうか？」

国王の圧力で握り潰されるのではないかと、シオンは危惧《きぐ》している。

しかし、エヴァンは「大丈夫だ」と答えた。

「証人もいる。私の叔父だ」

「お、王家の人ってことですか⁉」

先ほどのエヴァンの話では、ディラン王は両親や兄弟を全員亡き者にしたとのことだった。

驚くシオンに、エヴァンは頷く。

「実は一人、生き残りがいたんだ。父上の末の弟で、王位継承権も低く、うまく逃げ出せたらしい。もっとも、父上はそのことに気づいていないが……今は、外見を変えて警察にいる。証人と、この証拠が揃えば、おそらく父上を止められる」

エヴァンは書物を慎重に抱え、窓を開けた。

「ここから脱出して、急いで警察へ向かおう」

その時だった。

何かが壁にぶつかったような鈍い音と、衝撃が響き渡る。

どうやら近くの部屋からしたようだ。

「……」

「どうした？」

シオンは少しだけ考え込む。今の衝撃音が妙に引っかかる。心臓がバクバクと激しく鼓動し、胸騒ぎがした。

「タイショちゃん、エヴァンさんを送ってさしあげて」

「えっ⁉」

シオンの言葉に、タイショもエヴァンも目を丸くする。

「エヴァンさん、すみません！　先に行ってください！」

「おい⁉」

エヴァンの制止の声も聞かずに、シオンは部屋から飛び出した。

ここは五階だが、タイショがいれば窓から飛び降りても平気だろう。

シオンは、音のしたほうへ向かって全速力で走る。

そして、ある部屋の前で立ち止まった。

おそらく、この部屋だ。異様な雰囲気を放つその部屋のドアノブに、シオンは意を決して手をかけた。

ガチャッ……

ドアが開き、そして。

「……アレク、君？」

シオンの目に飛び込んできたのは、確かにアレクだった。

しかし、いつもとは全く違う。紫色の髪に、何色なのか判断さえつかない瞳の色。

そしてその表情は、激しい怒りに染まっていた。

「シオン、さん」

「スミレちゃん⁉」

アレクのそばに、スミレが倒れていた。

慌ててシオンが駆け寄ると、スミレはシオンの手を取った。

「お兄様を、止めてください」

「ど、どうなってるの？」

「あれ、を」

震える指先で、スミレが壁のほうを指し示す。

視線を向けると、壁にもたれかかっている男が見えた。

その男は、傷だらけだった。

アレクにやられたのだろうか。

「あれは、ディラン王です」

「えっ」

これまで、数々の悪事を働いてきたというディラン王。

エヴァンと同じくらいの年齢に見える若々しいその男が、ディラン王であるということを理解するのに時間がかかった。

「お兄様を、お兄様を……早く、しないと」

「ス、スミレちゃん」

「あのままじゃ、お兄様が人を殺してしまいます」

その言葉を聞いた瞬間、シオンから血の気が引いた。

シオンはスミレから離れて、アレクのほうに一歩を踏み出す。

「アレク君」

「……」

「アレク君？」

アレクに触れようと手を伸ばした。

しかし、アレクから衝撃波が生まれ、シオンを吹き飛ばす。

「痛っ」

「シオンさん！」

「邪魔しないでください……人間風情《ふぜい》が」

アレクの口から出たのは、聞いたことがないくらい冷たい声だった。

シオンの瞳に涙が滲む。

壁にぶつけた背中がズキズキと痛むが、それ以上に心が痛かった。

それでも、シオンは止まるつもりはない。

「アレク君！」

アレクに駆け寄り、抱きついた。

ばちん、ばちんと、全身に電気が走るような痛みがシオンを襲う。涙がボロボロと溢れた。

「なんで、なんでそんなことを言うの？　私だよ、シオンだよ。わからない？」

「……この子の、友人でしょう。見てきました。わかります。でも、それとこれとは話が別」

アレクはこちらを振り向いたが、再びディラン王のほうを向いた。

……おそらく殺す気だ。

「やめて、お願い！」

シオンは、アレクを抱きしめる力を強めた。すると、アレクが諭すように言う。

「あなたもわかるでしょう？　この男は、生きるに値しない者です。まあ、いくら人間同士が潰し合おうとなんの感慨もないわけですが……私が個人的に、この男を許せないのです。あなたもバカではないのですし、理解できるでしょう？」

その言葉を聞き、シオンは駄々っ子のように叫んだ。

「わかんないよ！　痛いし、辛いし。アレク君がどうしてそうなってるかも、わかんない！　個人的にって、何？　だったら私だって、アレク君に人を殺してほしくなんてないよ！　聞いてよ、アレク君！」

「鬱陶《うっとう》しい……人間が、ごちゃごちゃと」

「アレク君がどんな人であっても、私はアレク君が好きだよ！　大好き！　でも、それだけはやめて……難しいことなんて、わかんない。いつものアレク君に戻ってよぉ」

泣きわめきすぎて、頭がズキズキと痛み出す。視界が涙でぼやける中、シオンはそれでもアレクを抱きしめ続けた。

「アレク君のっ、バカァ!!」

シオンがそう叫んだ瞬間、アレクの瞳が少しだけ揺れる。

「っ」

「いっつもいっつも、思いつめちゃってさあ！　私も、ユリーカも、ライアンも、そんなに頼りないかな!?　私達、友達なんじゃないの!?」

「ち、ちが、そんなつもりじゃ……」

「嘘つき！　肝心なこと、何も言ってくれない！　相談なんて全然してくれない！」

「シオ……」

「アレク君の、アレク君の、バカァ……」

いつの間にか、アレクの瞳は紫色に落ち着いていた。

先ほどの冷たい空気はすっかりなくなり、代わりに慌てふためくアレクが立っている。

「ごめ、ごめん、シオン」

「……でも私、アレク君のこと、大好きだよ。どんなアレク君でも大好き。だからちゃんと、私達に話してよ。抱え込むのがかっこいいとか、思ってるんじゃないの？」

「そんなことは」

「かっこ悪いよ、それ。だから、いろいろ、ちゃんと聞かせて……」

そこで限界がきたのか、シオンが床に座り込んだ。

スミレがホッと息を吐いたのがわかる。

一方、壁にもたれかかったディラン王は、なぜか残念そうにしていた。

アレクには、この短時間の記憶がほとんどなかった。

気づけばシオンに叱咤《しった》されていて、ディラン王はボロボロだった。

知らぬ間に、アレクの中の靄――オウと入れ替わっていたのかもしれない。

「ス、スミレの注射は……」

「お兄様。もう、打ちました」

スミレからそう返ってくる。彼女の手に、空の注射器が握られているのを確認し、アレクは胸を撫で下ろした。

「――残念だ。あなたは私を、殺してはくれなかったのだな」

ポツリと、ディラン王がつぶやいた。

アレクの中に、ディラン王への激しい怒りが再び沸き起こる。

つい先ほどまでの記憶はないが、アレクは確かに、ディラン王を殺そうとしていた。しかし――

「……シオンは、殺してほしくないって言ったんだ。だから、あなたはちゃんと裁かれて」

「傲慢《ごうまん》なことだ……君は、いつまで自分の手を汚さずに生きていけるんだろうな」

吐き捨てるようなディラン王のその言葉は、アレクに重くのしかかった。

◆　◆　◆

ライアンとユリーカは、かなり長い間、兵士達と戦っていた。

「だ～～～っ!!　うっっぜぇ～～!!」

止まらない兵士達の猛攻に、ライアンは疲れを誤魔化すように叫ぶ。

ユリーカも息が上がっていたし、オルタスの姿はもう見えない。呼び出しておけるだけの魔力がなくなったのだ。

「ライアン、うるさい……」

「うぉりゃあああ!!」

ライアンは、もう何も聞いちゃいない。静かにしてほしいと、ユリーカは切実に思う。

その時だった。

とんでもない勢いの水流がその場を襲った。

「おわぁぁあああ……あ？」

流される、と目を瞑ったユリーカとライアン。しかし二人は宙に浮き、手を象《かたど》った水に守られていた。

一方、兵士達は水流に流されていく。

やがて水が引くと、壁に叩きつけられた兵士達が気を失っていた。

「ウッドロック」

呪文が唱えられ、床や壁から現れた木が兵士達を拘束する。

ユリーカとライアンが床に下ろされると、背後に誰かが立ったのがわかった。

「生きてるわね？」

「しっかりしろ、お前ら」

「ガディさんにエルルさん!!」

「学園長先生も……！」

どうやら先ほどの魔法は、エルルのものだったらしい。流石と言える威力だった。

学園長が駆け寄り、ライアン達に治癒魔法をかけてくれる。

「よく頑張ったわ」

学園長の労《ねぎら》いの言葉に、ライアンとユリーカはようやく肩の力を抜いた。

兵士がまた現れても、この三人が一緒なら大丈夫だろう。

「超疲れたッス……」

ライアンがつぶやくと、エルルが片眉を上げて言う。

「このくらいで疲れたなんて、まだまだね」

「エルルさんには勝てないッスよ」

「今から俺達が鍛えてやろうか？」

「またの機会にお願いします……」

ライアンと双子のやりとりを聞き、ユリーカが笑う。

それからほどなくして、王宮に警察がやってきた。再び王宮内は騒がしくなったが、それは騒動の終わりを意味していた。

◆　◆　◆

数日後。

グラフィール王国ディラン王の悪事はすべて暴かれ、二十五年前の流行病の真相も公表された。

国民達の怒りは凄まじく、ディラン王は投獄されたが、どのように裁かれるのかまだわからない。

近日、第一王子のエヴァンが新王として即位するという。

しばらくは落ち着かないだろうが、ディラン王の弟である叔父もエヴァンに全面的に協力するとのことだ。

一方、アレク達は王宮の一室を借りて、休養を取っていた。

「つまり……」

「アレク君の髪と目の色って、本当は紫なの？」

「う、うん」

同級生三人に、事情を説明しろと詰め寄られたアレク。

流石にこれ以上隠すこともできず、自分の本来の髪と目の色が紫色であることと、自分の中に誰か別の存在がいることを説明した。

「じゃあ……エリーゼとエリザベスみたいな感じなの？」

「そんなに仲良くはないし、中にいる人のことも、よくわからないんだけどね」

エリーゼは、英雄学園の後輩だ。人間と吸血鬼の血を引いていて、エリーゼとエリザベスという二つの人格を持っている。

「で、その紫の髪と目、バレると何かマズいのか？」

ライアンの質問に、アレクは一瞬だけ躊躇《ちゅうちょ》する。

三人に髪と目の色の話をするにあたり、アレクは学園長からその許可をもらっていた。

ライアンの疑問はもっともで、必ずそう尋ねられるだろうと思っていた。

しかし、天使の伝承は王族と一部の者しか知りえない情報だ。

アレクの独断で、それを伝えるわけにはいかない。

学園長は、三人にだけならということで了承してくれた。

「――っていうことなんだ」

説明を終えたアレクは、絶対に口外してはならないと付け足す。

ユリーカ、ライアン、シオンの三人は頭を抱えてしまった。

「そ、そんなに壮大な話だとは思わなかったわね」

「うえ……？　ど、どーなってるんだ？」

「アレク君、そんな大変なことになってたんだね」

「えと、今まで隠してて、ごめん」

アレクが謝ると、仕方ないなとばかりに三人は笑った。

「別に。そういう事情だったんでしょう」

「気にすんなよ！」

「う、うん」

「……話してくれて、ありがとう」

ああ、本当にいい仲間を持ったものだ。アレクはしみじみとそう思う。

それから四人でとりとめのない話をしていると、スミレがやってきた。

「お兄様」

「スミレ！」

アレクは、笑みを浮かべてスミレを迎え入れた。

「邪魔しちゃ悪いし、行くわよ」

ユリーカはそう言って、ライアンとシオンを促す。

「え？　もう？」

「じゃあ、後でね」

三人は、気を遣って部屋から出ていった。

部屋にはアレクとスミレだけになる。

「……スミレ。調子はどう？」

「はい。絶好調です！　注射を打っていた時より、全然動けますよ！」

騒動の後も、なかなか体調が優《すぐ》れなかったスミレ。この先も、注射が手放せないとなると本人も辛いだろう。

アレクは藁《わら》にも縋る思いで、スミレにカプセルを飲ませてみた。

アレクの魔力を込めたカプセルで、アンチホーンラビットの毒の中和だけでなく、様々な病気への効能が認められている。

幸いなことに、カプセルはスミレの魔力暴走体質にも効果が見られた。

「お兄様は凄いですね！　このカプセルのおかげで、私、前よりも調子が良いんですよ！」

「言いすぎだよ。それに、カプセルはいろんな人達の協力でできたんだ。僕だけのおかげじゃない」

先輩であるレイルやレベッカ、同級生のヴィエラ達と協力し、このカプセルが誕生したのだ。

そう言い募るアレクを見て、スミレは頬を緩めた。

「お兄様が幸せそうで、私嬉しいです」

「スミレはさ、僕が幸せじゃないと思って会いに来たんだよね」

「はい」

「……どうして、そう思ったの？」

一瞬体を強張らせたスミレに、「言いづらかったらいいよ」とアレクは付け足す。

しかし、スミレはかぶりを振った。

「そうですね。私は、自分の置かれている状況が嫌でしたから、お兄様もそうなんじゃないかと勝手に思っていました」

「……」

「今回の件で、私はディラン王から解放されました。神様でいる必要も、聖女でいる必要もないと、エヴァン様が仰《おっしゃ》ってくれました」

「良かったね」

「はい」

そこでしばらく、沈黙が流れる。

「……お兄様。私は、創られた存在だったんですね。なんだかちょっと、ショックでした」

「スミレ」

「お兄様の妹を名乗るのは、もうやめようとも思いました」

「そんなことない！」

アレクは立ち上がると、真剣に言った。

「まだ、諦めるのは早いんじゃない？　僕が、君のお兄ちゃんになる。だから、絶望しないで。たとえ、君が本当の妹じゃなかったとしても。君であることに、変わりない」


その言葉に、スミレは目を見開く。

何度も聞いた気がする、その言葉。どこで聞いたのだったか。

これまで、スミレはひたすら苦しい時を過ごしてきた。

けれど、スミレはそれに抗《あらが》うことができた。

この言葉のおかげだった気がする。

「でしょう？　――スミレ」

「あ」

アレクから、光が差しているように見える。眩しくて、温かくて、優しくて、愛に溢れる光が。

「……はい。お兄様」

スミレは、涙を浮かべながら頷いた。

「僕も決めたよ。僕のこと、天使のこと……もっと知りたい。知らなきゃいけない気がする。だから、ディラン王の部屋を調べてみない？」

「ディラン王の部屋を、ですか？」

アレクの意外な言葉に、スミレは目を瞬《またた》かせる。

「うん。天使の研究をしていたなら、何か知ってるんじゃないかって」

「そうですね……はい。私も、一緒に探します、お兄様」

「おい」

そこで、アレクの背後から誰かがずしりと体重をかけた。

「兄様」

アレクの実の兄である、ガディだった。隣には、姉であるエルルが立っている。

ガディは、むすぅと頬を膨らませて、スミレを凝視していた。

「アレクは、俺達の弟だぞ」

「兄様、ちょっと」

慌てて止めようとするアレクだが、スミレは胸を張って言った。

「お兄様はお兄様です！　ちゃんと許可をもらいましたから！」

「俺は許してない」

「負けません！」

「ちょっと？」

なんだろう、この本人そっちのけの争いは。

アレクが呆れていると、肩から重みがなくなった。

「行くわよ、ガディ」

「おいっ、エルルッ」

「エルルさん」

ガディを引きずっていくエルルに、スミレが驚く。ガディと同じように、文句を言ってくると思ったからだ。

エルルは、スミレに口を開いた。

「別に。あなたがアレクに良い影響をもたらすと思っただけよ」

「……はい！　お兄様は私が支えます！」

「それは、百年早いわ」

去り際に、フッと余裕の笑みを浮かべたエルル。

引きずられていく際、ガディはひたすら不満げな顔をしていた。

「……ふっ、勝った！」

「何に？」

三人は何をしているのだろう。アレクは、思わずスミレにツッコんだのだった。

その後、エヴァンから許可をもらい、ディラン王の部屋に向かうと、そこには学園長の姿があった。

「学園長先生!?」

「おや、アレク君にスミレさんじゃないか」

今日の学園長は、少年の姿である。

一発で学園長とわかる判断材料は、その背に担がれた弓であった。ちなみに、小さな体に弓のサイズは全く合っていない。

「どうしてここに?」

「事後処理だよ！　ちなみに君達は？」

「伝承について、何か手がかりがあるんじゃないかと思って」

「ほう。任せなさーい！　エルフパワーが唸りを上げる……はずだ！」

「なんですか、それ」

学園長の正体は、ハイエルフである。場を和《なご》ませようとしたのだろうが、盛大にスベっている。

冷たい風が吹いた気がした。

「……うぇっほん！」

わざとらしく咳払いをし、事後処理の作業へと戻る学園長。

アレクとスミレは気を取り直し、調査に移ることにした。

それから二時間。

いろいろ探す中で、二人はディラン王にドン引きした。

「ここまで天使に執着してたんだ……」

「なんかその……気持ち悪いですね」

「だよね。気色悪いっていうのかな」

今頃、投獄されたディラン王がくしゃみをしているかもしれない。

「目ぼしい情報は、あまりありませんね……」

「そうだね。どこか別の場所に、隠してあるのかな」

「そうかもしれません……」

このまま何も見つからないのだろうか、と思い始めたその時だった。

「エルフパワーだぞ!!」

「なんなんですか」

突然割り込んできた学園長だが、その手には書類のようなものが握られていた。

「これを見たまえ！」

「えっと……？」

差し出された資料に、二人は目を通す。

すると、とある村の話が出てきた。

「これは……？」

「天使の伝承を守り続けているという集落だ！」

「ええっ⁉」

詳細はあまり記載されていないが、確かにそういう村があるらしい。

アレクとスミレのテンションは、一気に上がった。

「エルフパワー、流石です‼」

「だろぉ⁉」

「素敵ですよ！　えるふぱわー？　最高です！」

「ハッハッハ！」

アレクとスミレが学園長を煽《おだ》てていると、ユリーカが顔を出した。

「三人とも、ご飯……」

「凄いですぅ！」

「学園長先生、ステキ！」

「ハッハッハッハッ！」

「…………」

楽しそうだしいっか、とユリーカは放置することに決めた。

◆　◆　◆

それから数日後。グラフィールも、ようやく落ち着き始めていた。

そろそろアレク達も、トリティカーナ王国へ戻らなければならない。

そしてスミレもまた、ある重大な決断を下した。

「出てく!?」

「はい。私、旅を始めようと思います」

スミレの突然の決断に、アレクは目を剥《む》いた。

いくらなんでも、思い切りが良すぎないだろうか。

「その天使の伝承がある村を、探してみようと思うんです！」

「そ、そっかぁ……うん！　行ってきな！」

「はいっ！」

動揺しつつも、スミレの背中を押すアレク。

その隣で、シオンが心配そうな表情を浮かべる。

「ほんとに行くの？　スミレちゃん」

スミレは、アレクよりも幼い。危険な目に遭《あ》わないとも限らないのだから。

しかし、スミレは自信満々に答えた。

「大丈夫です。私、自衛できます！」

「自衛って……」

「だって私、お兄様の妹ですもの」

確かに、スミレは膨大な魔力を持っている。

まだ使いこなすことはできないにせよ、アレクのカプセルで体調もかなり落ち着いてきた。

何かきっかけがあれば、さらに力を発揮することができるかもしれない。

しかし……

「スミレ。君がどれだけ強くても、心配なんだ。だから、何かあったら必ず連絡してね」

これは、自分の兄と姉である二人が、かつてかけてくれた言葉。危険な場所へ向かおうとするアレクを、必死になって止めてくれた。

まあ、それを振り切るのがアレクなのだが。

スミレもアレクと同じだろう。

「私……頑張りますから」

「頑張りすぎないでね？」

「いつかビッグオークを狩って、お土産に持ってきます」

「スミレ……ビッグオークが何か知ってる？　お土産にされても困るからね？」

感動的なシーンに似合わぬスミレの発言が、その場を和ませた。

「行き倒れないでね？」

「だいじょーぶですよ！　心配ありませんってば！」

「スミレちゃん、お弁当持ってく？」

「ですから平気ですって！　シオンさんも心配しないでください！　行き倒れたら、末代までの恥です！」

こうして、スミレはアレク達の帰国よりも早く、旅に出たのであった。


――それから、ほどなくした頃。

スミレは、さっそく行き倒れた。それも、空腹のためだ。

末代までの恥確定である。

調子に乗らず、お弁当くらいもらっておけばよかったとスミレは後悔した。

旅立ちにあたり、エヴァンはいくばくかのお金を融通《ゆうずう》してくれた。

しかし、スラム街の子供達や恩人に気前良く配った結果、すぐになくなってしまった。

そして狩りでもするかと森に入り、獲物を見つけられずに行き倒れたのだ。

「……んぁ？」

しかし、スミレは運が良かった。

行き倒れたスミレを、拾ってくれた人物がいたのである。

「何じゃこりゃ……って、うおお!?　倒れとる!?」

「うう、ご飯、ご飯ください……」

「どうしたティナーゼ……って、あ？」

スミレを拾った人物は、ティナーゼことクーヴェルと、その恋人のヴェゼルであった。

クーヴェルは、アレク達の師匠である。まさかの出会いだった。

こうしてスミレがクーヴェルの弟子になったことをアレクが知るのは、まだしばらく先の話である。

第八話　秘密の図書館

「君さぁ、不用心すぎない？」

どこからともなく声が降ってきて、アレクは、またいつもの夢かとぼんやり思う。

気がつくと、そこには真っ白な人物――オウが立っていて、アレクを見下ろしていた。

「君も、僕の体を勝手に使ったじゃん」

「そもそも君が頼んだんでしょう？　危ないところを助けてあげたんだけどな？　まあ、いいよ。それよりあのディランってやつ……捕まったんだね」

「うん。終身刑になるみたい」

グラフィールを出立する前に、エヴァンがそう言っていた。まだ確定ではないらしいが、おそらくそうなるだろうと話していた。

アレクの言葉に、オウは深いため息をつく。

「やっぱり、人間の考えることはわからないや。なんで殺さないかなー？　あれのせいで、たくさんの人間が汚されたと思うんだけど」

「殺すとか、物騒だなぁ」

アレクはそう言いつつも、ディラン王に言われたことを思い出していた。

『傲慢なことだ……君は、いつまで自分の手を汚さずに生きていけるんだろうな』

その言葉は、アレクをひどく悩ませていた。

「ねぇ」

「？」

「いつか僕にも、人を殺さなきゃいけない時が来るのかな」

「……」

グラフィールでの騒動で、兄と姉が人を殺《あや》めたことを知っている。

その重荷を背負わせてしまったのは、他でもないアレクだ。

アレクの言葉の意図がすぐにわかったのだろう。オウは肩をすくめて答える。

「別に、気に病む必要はないんじゃない？　あれは……君の兄と姉は、君に人を殺してほしくないと願ってるんだから」

アレクのことをいっとう大切にしている二人だ。

オウの言葉に、偽《いつわ》りなどない。

「ディラン王にいろいろと聞かれて、僕、困っちゃったんだ。そんなこと、考えたこともなかったから」

「いやいや。むしろ君くらいの子供がそんなことを考えてたら、怖いから。君、何歳よ」

「ええと……十二かな」

「そんな子供がもうそういう選択を迫られていることに、びっくりなんだけど」

オウの言うことは至極まっとうである。

アレクは、自分がオウと入れ替わっていた時のことをふと思い出す。

ほとんど覚えてはいないが、オウの感情だけはおぼろげに記憶している。

「君さ、なんでそんなに人間嫌いなの？　僕だってその……天使？　の髪と目とおんなじ色をしているってだけで、本当は人間なんだよ。なのに、僕のことは別に嫌いじゃないんでしょ？」

アレクが尋ねると、オウは切なげに笑った。

「そんな軽いものじゃないよ。大好き。だーい好き」

「ありがとう……？」

「理由はねー、昔人間に、ひどい目に遭わされたから。君がそうならないか、とても心配なのさ。ほら、あのディランってやつもさ、醜い実験をしていたでしょう？」

「うん、そうだね。もう二度と、そんなことが起きないでほしいな」

アレクは、本心からそうつぶやく。

「……私はさ、ずっと君のことを守ってきたつもりだった。君が無理だな、と思った時は替わってきた。誰よりも、君のことを守れる自信がある」

「どうしたの、急に」

「愛の告白ってやつかな。まあ……そんな生産性のないことはしないけど。で、さっきの続き。守ってるつもりで、君が真実に近づくのを遠ざけてたんだ。でもさ、もうやめるよ。君は知りたがってる。自分のことについて。だから、もう止めない」

「……いいの？」

「うん。後悔しないって誓えるならね」

「後悔しないよ」

「簡単に言ってくれるね」

オウからは、前回話した時のような、刺々《とげとげ》しさは感じなかった。

あんなに怒っていたのは、なぜなんだろう。

「今日は、怒ってないんだね」

「……うん。いくら君でも、土足で踏み込んでほしくないところがあったんだ。あれは、私の思い出で、大嫌いなものだから」

「嫌いなの？」

「うん。嫌い」

オウは、躊躇《ためら》うことなく言い切る。

でも、嫌いというにはあまりにも――

「さ、もうお帰り。君の兄と姉が呼んでるよ」

「ほんと？　急がないと」

何かに意識が引っ張られるような感覚に陥る。

もうこれにも慣れてきた。

去り際、アレクはついでのようにオウに尋ねる。

「君は何者なの？」

「……ただのオウさ。それだけ」

肝心なことは、何一つわからない。オウは、自分のことをあまり話したがらないのだ。


「――アレク！」

「あ、起きた」

ベッドから体を起こすと、見慣れた兄と姉の顔が目に入る。

「行くぞ。今日は、騎士団長に会うんだろう」

「……うん」

「早くしないと遅くなるわよ」

「わかってるって！」

ガディとエルルに急かされ、アレクは慌てて支度を始めた。

今日はこれから、騎士団長に会いに行く予定なのだ。

◆　◆　◆

話は、数日前に遡《さかのぼ》る。グラフィールからトリティカーナに帰国してすぐ、アレクは学園長に呼び出された。ガディとエルルも一緒である。

何か良くないことが起こったのかと身構えていたが、そういうことではないらしく——

「アレク君さ、天使の伝承について調べたいって言ってたよね」

「はい」

「もしかしたら、ウチの図書館にそういう書物があるかも」

「えぇっ⁉」

ガディとエルルも、少し驚いた顔をしていた。

天使の伝承は、王家とごく一部の者にしか伝わっていない。本当に、書物に記述が残されているのだろうか。

アレクの疑問は、言葉にしなくても学園長に伝わったらしい。

「生徒に開放しているほうじゃなくて、ちょっと特別なほうの図書館。秘密の図書館みたいな感じなんだけど、ヤバい書物やいわくつきの書物もたくさんあるんだ」

そんな図書館があったのかと、アレク達は驚いた。

公の施設ではないため、司書はいないそうだ。そして限られた者しか入館できないらしい。

学園長曰く、目当ての書物が本当に見つかるかどうかはわからないが、可能性はあるという。

「入っていいんですか？」

アレクが目を輝かせながら尋ねると、学園長はうんうんと頷いた。

「特別にね。禁書や危険な書物もいっぱいあるからさ。君達なら大丈夫だと思うけど……気をつけてね？　あ、そうそう。ちなみにそこの鍵、実は他の人に貸したままなんだよねぇ」

「誰にだ？」

ガディの問いかけに、学園長はなぜか胸を張って答える。

「この国一番の騎士団長！　バルモア・オルフェーヴさん！」

聞き覚えのある名字だ。

オルフェーヴ、オルフェーヴ……とアレクは唸る。しばらくして、ライアンの顔が浮かんだ。

「あ、ライアンと同じ名字なんですね」

「うん。だって彼らは親子だもん」

学園長は、さらりとそう言い放つ。

「そうなんですか～……って、え？」

「うん。だから、親子」

聞いてない。騎士団長が父親だなんて、ライアンからは一言も聞いてない。

「ライアンのお父さん⁉」

「そう！　だからライアン君に付き添ってもらって、バルモアさんのところに鍵を取りに行ってよ。よろしくー！」

友達の父親に会いに行く。嫌ではないのだが、少々気恥ずかしい。

学園長には、騎士団長への一筆と、図書館への地図を書いてもらった。

その後、ライアンに軽く事情を説明し、次の休みに騎士団長に会いにいくこととなったのだった。

◆　◆　◆

待ち合わせの場所に向かうと、すでにライアンがいた。

「遅くなってごめん」

「んあ？　今来たとこだぞ！」

その返答に、アレクはほっとする。

ライアンの場合、気を遣ってというより、本当に来たばかりなのだろう。

「おい、早く行くぞ」

急かすガディに、ライアンは首を傾げた。

「そんな急ぐ必要、あるんスかね」

「ある」

「時間は有限なのよ」

間髪《かんはつ》容《い》れずに、ガディとエルルが答える。

「お二人がそれ言うと、違和感マシマシっスね」

「どういう意味よ」

「何でもないっス～」

普段、ガディとエルルは非常にマイペースだ。相手が急いでいる時に、二人がのんびりしていることもしばしばある。それは付き合いの長いアレクはもちろん、ライアン達も知っていた。

「父さんは騎士団……訓練所にいるっスよ」

「じゃあ王宮の近くか」

「行くわよ」

さっさと先に行ってしまった二人の背中を見て、ライアンがこそっとアレクに話しかける。

「なあ。早く図書館の鍵をもらいに行きたいっていうのはわかったけどさ……お前の兄ちゃんと姉ちゃん、なんであんなに張り切ってんだ？」

「……そういうノリかな」

「ノリ？」

実際のところ、アレクにもよくわからない状況である。ノリと言ってみたが、二人のことを理解しきれているわけではない。

アレクとライアンは顔を見合わせつつ、ガディとエルルを追いかけた。


「父さん！　ちーっす！」

「お前！　訓練中は顔を出すなと言ったろうが！」

騎士団の訓練所に着いて早々、ライアンの父親らしき人物が拳を振り上げた。

「じ、じじっ、事情！　事情があるんだよ!!」

ライアンは、慌てて言う。

どうやら、アレク達が訪ねてくることを父親である騎士団長に話していなかったらしい。すっかり忘れていたようだ。

ガディとエルルが不機嫌そうな視線をライアンに向ける。

一方、「事情だぁ？」と訝《いぶか》しげな顔をした騎士団長だったが、後ろに控えていたガディとエルルを見て顔色を変えた。

「お前さん達……SSSランク冒険者の、ガディ・エルルコンビじゃないか」

「知ってるのか」

「ここらじゃ有名人だからな」

「そうかしら？　それほどでもないと思うけど」

控えめな二人の自己評価に、騎士団長は豪快に笑った。

「はっはっは！　少なくとも、お前さん達は同年代のヒーローだろうよ！」

「ヒーロー……」

ヒーローというより、ある種の厄災として恐れられている気がする。

アレクは内心そう思った。

「で、息子と一緒に何しに来たんだ？　その坊ちゃんも」

アレクは簡単に挨拶と自己紹介をしてから、今回の目的を伝えた。

「学園長先生から、図書館の鍵をお借りになってますよね。それを受け取りに来たんです」

念のため、学園長に書いてもらった一筆も見せる。

すると騎士団長は、少し困ったように答えた。

「あー、鍵は家にあるなぁ」

「家か！　来る？　来るか？」

どこかソワソワとした様子で、アレク達に尋ねてくるライアン。

騎士団長は少し悩んだ後に、大きく頷いた。

「そうだな、来るといい」

「よっしゃあ～！」

ガッツポーズをしてみせたライアン。一方、ガディとエルルは面倒だといわんばかりにため息をつく。アレクは、それを苦笑いしながら見ていた。

「ようこそ！　俺ん家《ち》だぞ！」

オルフェーヴ家に招かれたアレク達は、応接室のような広い部屋に案内された。

ライアンは、お茶を淹れながら説明する。

「オルフェーヴ家の当主は、代々騎士団長を務めてるんだ！　だから多分、俺も騎士団長になる」

「努力を怠《おこた》る奴に、騎士団長は任せられんぞ」

「わかってるって！」

父親である現騎士団長から釘を刺され、ムッとしたようにライアンが言い返す。騎士団長は少し意地悪そうな笑みを浮かべつつ、図書館の鍵を取りに行った。

残された四人でお茶を飲んでいた時、エルルがふと壁に飾られた剣に気づいた。

「……あれは？」

「あれは、歴代の騎士団長の中でも特に活躍した、四代目が使ってた剣っス！　俺ら一族の誇りっスよ！」

ニコニコしながら答えるライアン。

それからほどなくして、騎士団長が戻ってきた。

「ほら、これだ」

「ありがとうございます！」

金色の鍵を受け取り、アレクが礼を言う。

「それにしても、図書館に何の用だ？　よく学園長が入館を許可したな」

「えっと、ある伝承を調べるんです」

「伝承ね、変わった奴だな」

それ以上、深く尋ねられることはなかった。アレクは、少しだけホッとする。

「じゃあ、俺らはもう行く」

ガディが立ち上がると、ライアンは残念そうな表情を浮かべた。

「えー！　もう行くのか？」

「長居はできないからな」

「そっかあ……」

しょんぼりと肩を落としたライアンに、アレクは言う。

「また来ていい？　今度は、ユリーカとシオンも連れて」

「……うん！」

嬉しそうに頷くライアンを見て、アレクも微笑んだ。

帰り際、騎士団長が思い出したように口を開いた。

「英雄エルミアは、四代目騎士団長イザクの弟子だったんだ。オルフェーヴ家との関わりも深かった。……まぁ、そんなことはさておき、今後ともライアンと仲良くしてくれ」

思いがけない話に、アレク達は驚く。

ライアンも、目を丸くしていた。

「はい！　もちろんです！」

アレクは元気に答えて、オルフェーヴ家を後にした。

◆　◆　◆

騎士団長から鍵を受け取ったアレク、ガディとエルルは、その足で図書館へ向かった。

鍵を使って扉を開くと、古書特有の匂いが漂ってきて埃《ほこり》が舞う。

「うえっ」

「げ……ほっ」

扉の奥には、とんでもない量の書物が収蔵されていた。

三人は、学園長の言葉を思い出す。

『禁書や危険な書物もいっぱいあるからさ。君達なら大丈夫だと思うけど……気をつけてね？』

アレク達は細心の注意を払いつつ、本棚を見て回ることにした。

しかし、なかなかそれらしい書物が見つからない。

そもそも、これだけ膨大な書物が収蔵されているのだ。そう簡単には見つからないだろう。

ガディ、エルルと手分けして探す。

それから、どれだけの時間が経っただろう。

ふと、アレクは気になる書物を見つけた。この世界の歴史について記された一冊だ。

その書物に手を伸ばして背表紙に触れた瞬間、小さな衝撃が走る。


『今日からお前は弟子だ』

『別に女に見えなくていいし』

『友達としてよろしくな！』

『お前の命の価値を考えろ――』

『特別とか天才とか、あいつのためにある言葉なんだろうなぁ』

『あなたと契約する。名前をちょうだい』

『お前が好きだ』

『私はあなたを愛しているの、わかって』

『あの人は、死んじまったんだな』

『おのれっ……憎むぞ』

『このっ、裏切り者‼』

『なんで、なんでわかってくれないの？』


様々な言葉が頭に流れ込んできて、思わず耳を塞《ふさ》ぐ。

耳鳴りがしてぎゅっと目を瞑り、しばらくすると、今度は優しい囁《ささや》き声がした。

『あなたのことをいつまでも思ってる。愛しているわ。どうか、どうか、――――、アレク』


「――、アレク！」

ガディに名前を呼ばれて、アレクはハッと我に返った。

振り返ると、ガディとエルルが心配そうな表情を浮かべて立っていた。

「どうしたんだ？　大丈夫か？」

アレクは、慌てて何度も頷く。

「目当ての本は見つかった？」

エルルは、アレクが取り出そうとしていた書物を指して、尋ねる。

アレクは「まだ、わからない」と答えつつ、世界の歴史について記されたその書物を取り出した。

今度は、特に何も起こらない。

「あ！」

書物をパラパラめくっていくと、二百年前の偉人の欄にエルミアの名前があった。

エルミア・ムーンオルト
トリティカーナに生まれ、女騎士として活躍した英雄。巨大な古代龍を封印したと言われる。

「……これだけ？」

思わず拍子抜けしてしまう。

かつてエルミアは、トリティカーナ王国の窮地《きゅうち》を救い、英雄と呼ばれるようになった。この国では誰もが知る英雄だというのに、情報が少なすぎる。

近くに、四代目騎士団長であるイザク・オルフェーヴの記載を見つけたが、彼のほうが詳しく書かれていたほどだ。

アレクはガッカリしながら本を閉じて、本棚に戻す。

アレクと一緒に本を覗き込んでいたエルルが、ふとつぶやいた。

「伝承の本も見当たらないけれど……エルミア様について書かれた本も、ほとんどないのよね」

「そういえば……」

ガディも、何かに思い当たったように考え込む。

思い返してみると、エルミアについて書かれた書物を見たことがないような気がする。エルミアについての話は、すべて誰かの口から聞いたものだ。

「……」

思わず黙り込んでしまった三人だが、気を取り直し、伝承について書かれた書物を探す。

しかしその日は結局、伝承についての書物を見つけることはできなかった。

日を改めて探しても見つけられる気がしなかった三人は、諦めて図書館を後にした。

それから英雄学園に戻り、学園長に鍵を返却に行く。

「そっか〜。あの図書館になら、何か情報があるんじゃないかと踏んでたんだけど……」

残念な気持ちを抱えつつ、アレク、ガディ、エルルの三人の休日は終わった。

その日の夜。モヤモヤが残り、眠れないのではないかと思ったが、アレクはぐっすり眠れたのであった。

第九話　サプライズがしたい

冬らしく雪が積もったある日。

寒さに負けず、外で初等部の生徒達が雪遊びをする中、リリーナとティールは卒業試験に向け勉強に勤《いそ》しんでした。

「リリ姉、ティール姉、おはよう……」

寮の同じ部屋で過ごしてきたアレクは、この一年間、二人がずっと努力していたことを知っている。卒業後は警察官として働くために、今から様々な実習にも参加していて大忙しだ。

「ああ、おはよう。アレク君」

「ごめん、もう行くねっ」

卒業試験の勉強に実習にと、二人は目の回るほどの忙しさだ。このところ、のんびりしている姿など見ていない。

何か自分にもできることがあればいいのに。

ぼんやりそう思ったところで、ふとあるアイデアが浮かんだ。

「……あ！」

寝起きの割に冴《さ》えているなと、アレクは一人微笑んだ。


「「「サプライズ？」」」

「そう！　サプライズ！」

授業が始まる前の教室。

アレクはさっそく、ライアン、ユリーカ、シオンに先ほど浮かんだアイデアを伝えた。

頑張っている先輩に、サプライズを計画して喜ばせたい。

アレクの話を聞き、ユリーカは疑問を口にした。

「サプライズって……どういうの？　パーティーをやるとか、プレゼントを渡すとか、いろいろあると思うけど」

「うん、僕はプレゼントを渡したいと思ってるんだ！」

三人は、口々に良いのではないかと答えた。

「それで、何をプレゼントするつもりなの？」

再び尋ねるユリーカに、アレクは少し考え込みながら答える。

「……シードフラワーはどうかなって」

「しーど、ふらわー？」

聞き覚えがなかったらしく、三人は揃って首を傾げた。

「海の力を秘めている花だよ！」

「へぇ、そんな花、よく知ってたな」

ライアンが感心したように言う。

「少し前に、本で読んだんだ。シードフラワーを贈られた人は、幸せになれるんだって。ただ珍しい花みたいで、どこに咲いているかわからないんだ」

ガディとエルルと一緒に、秘密の図書館で伝承の書物を探した日。

目当ての書物は見つからなかったが、たまたま目にした書物に、シードフラワーが出てきたのだ。

とても素敵な言い伝えだと思う。アレクはなんとしても、その花を手に入れたかった。

「な、なら、ギルドに行ったらどうかな……」

「ギルド……そっか。ギルドに行けばわかるかも」

シオンの提案に、アレクは乗ってみることにした。

◆　◆　◆

休みの日、アレクは王都ナハールへ向かい、久々に冒険者ギルド『狼の遠吠え』に顔を出した。

騒がしいギルドの雰囲気は、グラフィールのギルドともまた少し違っている。

「えぇっと……誰に聞けばわかるかな」

ギルドの職員に尋ねてみようかとも思ったが、皆忙しそうだ。

ふと、様々な依頼が貼られたコルクボードが目に入った。

このボードでは、冒険者達が情報交換することもできる。薬草類の採取場所や、魔物が棲息《せいそく》する場所などが書かれた紙も貼られているのだ。

試しに確認してみると、シードフラワーについての情報を見つけた。

「あっ、あった」

よく見るためにボードへ近づくと、誰かにぶつかってしまう。

「す、すみません」

「むっ、こちらこそ……おっと？」

そこにいたのは、エリーゼだった。

彼女は人間と吸血鬼の血を引き、二つの人格を持っている。口調からすると、今日は吸血鬼であるエリザベスが顔を出しているようだ。

「エリザベス！　どうしたの、こんなところで」

「お前こそ」

「僕は、シードフラワーの情報を探しに来たんだ」

アレクの言葉に、エリザベスは少し驚いたようだった。

「まさか、同じ目的だとはな。……さてはお前、シードフラワーを誰かにあげようとかいう魂胆《こんたん》だろう」

「よくわかったね」

アレクが目を丸くすると、エリザベスはフンと鼻を鳴らして続けた。

「お前が考えそうなことだ」

「エリザベスは？　誰かにプレゼントするわけじゃないの？」

「私は、自分のために欲しい。シードフラワーはな、強大な力を引き出す効果があるんだ。私は吸血鬼として強くなりたいからな。もちろん、エリーゼの許可も取っている」

人間としての人格エリーゼが許しているのなら、アレクから言うことは何もない。

それに目的が同じなら、ぜひ同行したかった。

「ねぇ、一緒に行こうよ！」

「まあ、良いだろう。お前は役に立ちそうだからな」

改めてボードに目を向け、シードフラワーが咲く場所を確認する。

どうやら海の中に咲くようだが、シードフラワーが確認されたという海は、ここからかなり遠かった。

二人は、どうしようかと頭を悩ませる。

「そういえば、ウチの学園長は瞬間移動が使えたな。頼るのはどうだ？」

「ダメだよ！　学園長先生は忙しいし」

「なら、他にあてはあるのか？」

「う～ん……あ」

そこでアレクは、ある人物を思い出した。

「うん！　いるよ！」

「ほう、誰だ」

「エリザベスは、会ったことがないからなぁ。後で紹介するよ」

アレクはエリザベスを連れてギルドの外に出て、召喚獣であるフェンリルの名前を呼ぶ。

「……リル！」

すると、銀色の毛並みを持つ大きな狼が姿を現した。

「どうした」

「僕達を、川に連れていってほしいんだ！」

「どこの川だ？」

アレクは「ちょっと遠いんだけど……」と言いながら、目的の場所を伝える。

リルは「お安い御用だ」と、アレクとエリザベスを背に乗せた。

目的地を知らないエリザベスは、訝しげな顔をしている。

「スピードを出すぞ。絶対に手を離すな」

「うん！」

「え、ちょっとま――」

待て、とエリザベスが言い終わらないうちに、リルは地面を蹴って猛スピードで走り出した。

街を行き交う人々は、驚いた様子でポカンと口を開けている。

「今のはなんだ……!?」

「とんでもなく、速い物体が」

「え、こわ！」

弾丸の如《ごと》く走り抜けていくが、人や建物にぶつかることはない。難なく障害物を避けていく様は見事だった。

リルに初めて乗ったエリザベスは、がくんがくんと頭を揺らしつつ、アレクに向かって叫ぶ。

「ア、アレク！　ちょ、アレク……！」

「どうしたの、エリザベス？　全然聞こえないよ！」

「と、止まれぇえええええ……！」

しかし、風切り音が邪魔をして、エリザベスの声はアレクに届かない。

結局、スピードはそのままに目的地に着いたのであった。

「着いたぞ」

「ありがとう、リル！」

エリザベスは最悪な気分だった。真っ青な顔でつぶやく。

「二度と、乗るか……」

「あれ、大丈夫？　エリザベス」

「お前は化け物だ……」

恨めしげに睨まれて、その唐突な罵倒《ばとう》に、アレクは苦笑いした。

「それにしても、どうするんだ？　川なんかに来て」

リルがアレクに尋ねる。

それは、エリザベスも知りたいことだった。

「えっとね、ウンディーネを呼ぶんだ」

「うん、でぃーね？」

首を傾げるエリザベスに、アレクが説明する。

「精霊の一種だよ」

「精霊？　お前と一緒にいるやつか？」

「それとはまた違うんだけど……おーい！　ウンディーネ！」

アレクが川に向かって叫ぶと、水面がさざめき、ザブンッという音を立てて水が女性の姿を形成していった。

「っ……」

やがて一人の少女が姿を現すと、エリザベスは息を呑んだ。陶器のように白い肌を持つ、とても美しい少女である。

白いワンピースからは、綺麗な足に加えて、魚のような美しいしっぽが覗いている。

「アレク！　久しぶりね！」

「うん、久しぶり。前会った時とは、違う服だね」

「気づいてくれたのね！　ふふ、新調したの」

ウンディーネが嬉しそうにアレクに飛びついた。

エリザベスは、二人が頬擦りをする様子をポカンとして眺める。

やがてエリザベスとリルに気づいたウンディーネが、眉をひそめて言った。

「なんだ、一人じゃなかったのね。人間には姿を見せたくないのに……おまけに、犬コロまで」

次の瞬間、リルが牙《きば》を剥いた。

「フェンリルをつかまえて犬コロとは、何事だ！　無礼者め！」

するとウンディーネは、「何よ、やる気？」と挑発するように言い、軽く手を上げて水の槍を出現させた。

「そのモッサモサな毛玉、貫《つらぬ》いてやるわ」

「ふん！　せいぜい水浴びにしかならんわ」

「ちょ、ちょっとストップ!!」

アレクが割って入ったことにより、喧嘩は終了した。

「どうして止めるのよ」

ウンディーネは不服そうだ。

「……はぁ、私はもう帰るぞ」

「うん、ありがとうねリル」

一方のリルは、ため息をつきながら姿を消した。

「で、そっちの人間……正確には、半分吸血鬼ね。そんな娘を従えて、何をしに来たの？」

半分吸血鬼であることを見抜かれたエリザベスは、警戒するように後ずさりした。

しかし、アレクは気にした様子もなくウンディーネに言う。

「シードフラワーって海に咲く花があるでしょ？　咲いている場所まで、連れていってほしくて」

「アレクのお願いなら、もちろんいいわよ。……そこの娘も一緒に？」

にっこり頷くアレクを見て、ウンディーネは仕方ないといった様子で頷いた。

まさか精霊の力を借りるとは思っておらず、エリザベスは内心驚いていた。

アレクは、目的の海までどのくらいかかるかウンディーネに尋ねる。

しかし、返ってきたのは意外な答えだった。

「そんなところにいかなくても、シードフラワーなら人魚の国にたくさんあるわ」

「『人魚の国？』」

アレクとエリザベスが揃って首を傾げる。

アレクは、ロースウェスト商会でアグニという人魚に会ったことがある。そのため人魚がいることは知っていたが、人魚の国があることは知らなかった。

「ええ。あまり知られてないだけで、ちゃんと国があるのよ。人魚の秘境ってところかしら。シードフラワーも山ほど咲いているから、事情を話せばもらえるはずだわ」

「そっかぁ、楽しみだな！　ね、エリザベス」

「……」

アレクは無邪気にワクワクしているようだが、エリザベスはどうも気乗りしなかった。なんとなく、厄介事に巻き込まれるような気がする。

しかし、シードフラワーが手に入れば、より大きな力を引き出すことができる。

結局、エリザベスはアレクと一緒に人魚の国へ行くことにした。

「人魚の国は海の底にあるから、これを飲んで。水中で息ができるようになるわ」

「うん！」

ウンディーネから空気の泡のような粒を受け取り、アレクとエリザベスは口の中に放り込む。

すると泡が弾けるような音が響き、肺が膨らんでいくような、不思議な感覚に包まれた。

「じゃあ、行くわよ。水が苦手だったら悪いわね」

「大丈夫！　苦手なのは、兄様くらいだから！」

「私も平気だ」

「そ。なら遠慮はいらないわね。飛ばすわよ」

激流がアレク達を呑み込み、川底へ連れていかれる。三人は、水中をもの凄いスピードで進んでいた。

エリザベスは、たまらず顔をしかめる。リルの背中に乗った時にも感じたが、どうやらこういうのは苦手なようだった。

◆　◆　◆

「着いたわよ」

そこには、信じられないほど幻想的な光景が広がっていた。

美しい海藻《かいそう》や珊瑚《さんご》、大ぶりの貝が海底を彩《いろど》り、色とりどりの尾ヒレを揺らして人魚達が優雅に泳いでいる。

「う、わぁ……！」

感動の声を漏らすアレクに、ウンディーネが言う。

「アレク、目の色を戻したほうがいいわ。そのほうが警戒されないだろうから」

水中にいるため、カラーリングが解けて髪は紫に戻っている。

エリザベスは、アレクの髪と瞳の本来の色を知っているから、大丈夫だろう。

アレクはカラーリングを解いた。

すると、人魚が一斉に集まってくる。

「紫……？」

「髪が、紫だぞ！」

「目も同じ色だ」

「ということは？」

「生き残り！　生き残りだ！」

わぁわぁと騒ぎ出した人魚達だったが、そこでひときわ美しいヒレを持つ人魚が現れた。

「鎮《しず》まれ。……久しいな、ウンディーネ」

「急に悪いわね、オデット」

どうやら彼女とウンディーネは知り合いのようだ。

オデットと呼ばれた人魚は、アレクとエリザベスに自己紹介をする。

「はじめまして。私は人魚の女王オデットです」

アレクとエリザベスも、挨拶をする。オデットもまた、エリザベスが吸血鬼の血を引いていることをすぐに見抜いた。エリザベスは、どこか居心地が悪そうだ。

「して、何用ですか？」

「シードフラワーが欲しいんですって」

ウンディーネがアレクの代わりにオデットに伝える。

「シードフラワーですね。構いませんよ。ただし、代わりといってはなんですが……」

オデットはそう言って、アレクをじっと見つめた。

「……契約している、氷の聖霊を呼んでほしいのです」

「クリアのこと？　知っているんですか？」

「ええ。……今はクリアという名前なのですね」

オデットが儚げに微笑んだ。

アレクは、さっそくクリアを呼び出す。

「クリア、来て！」

すると、どこからともなくクリアが姿を現した。

「呼んだ？　アレク」

「うん。来てくれてありがとう」

クリアはアレクを見た後、オデットとウンディーネの姿を確認し、大きく目を見開いた。

「オデット……ウンディーネ……」

「呼んでほしいって、オデットさんが」

「そ、う。ありがとう、アレク」

アレクの頬を一撫でして、クリアは二人のもとへと向かう。

オデットはクリアの姿を見て目を細めた後、違う方向に目を向けて「ゼラ、来なさい」と言った。

やってきたのは、金髪に、金魚のような赤い尾ヒレを持つ人魚の少女だ。オデットはゼラに、何か指示をしている。

ゼラは、アレクとエリザベスの前に来て口を開いた。

「ゼラです。どうぞよろしくお願いします。さっそく、シードフラワーの咲く場所へ案内いたします」

「アレクと吸血鬼の娘は、ゼラについていきなさい。私達は積もる話があるの」

ウンディーネにそう言われ、アレクは素直に「わかった」と返した。

エリザベスとともに、ゼラについてその場を離れる。

アレクは、ゼラをじっと見つめる。どこかで会ったことがあるような気がするが、人魚の国を訪れるのは初めてだ。気のせいだろう。

「ゼラ、この国に人魚はどのくらいいるんだ？」

エリザベスがそう尋ねるが、ゼラからの返答はない。

「……ゼラ？」

「はぁ、気安く呼ばないでくれる？」

刺々しい雰囲気のゼラに、エリザベスとアレクがピシリと固まった。

「アタシはゼラニウムっていうの。その愛称で呼んでいいのはオデット様だけよ」

ゼラ、改めゼラニウムの冷たい言葉に、いつもは強気なエリザベスもたじたじと謝る。

「ス、スマン……」

「特にそこの天使野郎」

「……天使野郎」

独特すぎる表現に、アレクも目を白黒させた。

「アタシはあんたのこと、良く思ってない。エルミア様の子孫なんでしょ？　どんなもんかと思えば……ただのちんちくりんじゃないの」

「なんで子孫だってわかるの!?」

「特徴を引き継いでる時点で、それ以外考えられないでしょ。それに、生き残りはあの時からエルミア様だけだったし」

気怠げに、そう言い放つゼラニウム。

アレクには、引っかかることばかりだ。

「あのさ、ゼラニウム」

「ゼラニウムさんと呼べ」

「生き残りって何？」

「清々《すがすが》しいほど聞いてねぇなこいつ」

まるで物怖じしないアレクに、エリザベスが声を潜めて言う。

「アレク、大人しく聞いておけ」

「大丈夫。わかってるって」

そう答えつつも、アレクは引く気がない。

英雄学園に入学してからというもの、個性豊かな面々と付き合ってきたこともあり、兄や姉同様、アレクも随分図太くなった。

ゼラニウムは顔をしかめつつも、仕方ないといった様子で答えた。

「アタシには、詳しく話す資格がない。オデット様に、ありがたく教えてもらえば？　オデット様なら寛大なお心で許してくれるはずだもの」

「女王に対する忠誠心がヤバいな、こいつ……」

エリザベスが思わずつぶやく。

「はあ～っ？　ったりまえでしょう？　今日もオデット様は麗《うるわ》しく、美しいもの！　はぁ、できることなら、ずっとおそばにいたい。オデット様の髪の毛に、なれたらいいのに……」

「キモ」

「あ？」

「すまん、つい本音が」

「てめぇ、何つった⁉」

ゼラニウムがエリザベスの胸ぐらを掴み出したので、アレクが慌てて止めに入る。

「やめてよ二人とも」

しかし、ゼラニウムは「かーっ、ペッ！」と唾を吐く真似をし、アレクに凄みをきかせた。

普通に汚いので、やめていただきたい。

「言っとくけどな！　生意気なてめぇらのことなんて、こっちは放っときたいんだよ！　でも、オデット様が『ゼラ、お願い。あなたにしか頼めないの』って言ってくださったから、こうやってわざわざ案内してるわけ！　わかる⁉」

「そんなこと言ってなかった気がするけど」

「幻聴だよな」

アレクとエリザベスはひそひそ言い合うが、ゼラニウムには筒抜けだ。

「アタシには聞こえるの！　オデット様のありがたい、まるで真珠のように清らかな声が……」

「たとえが独特すぎないか」

「吸血鬼には、人魚の風流なんてわからないでしょうね」

その場に留まり、わあわあ言い合う二人を眺めながらアレクはため息をついた。

このままでは、シードフラワーの咲く場所に、いつまで経ってもたどり着けない気がする。

「まぁ、理解できないのもしょうがないわね。人間なんかの血を啜《すす》ってる生き物には！」

「あのさ……」

「あぁ？　今は血は吸っておらんぞ。情報が遅れてるな、老化か？」

「シードフラワーを……」

「生まれたばかりの赤ん坊のくせに！　こちとらまだピチピチの百歳だわ！」

「取りに……」

「百歳なんて充分なババァだけどな？　ロリババァか？」

「行きたいんだけど……」

もういい加減にしてくれないだろうか。

「あのさぁ～!!」

アレクは、力の限り叫んだ。

「シードフラワー!!　欲しいんだけど!!」

「……すまん」

「わかってるわよ、チビ。行くわよ」

相も変わらず不機嫌そうに、ゼラニウムは進み続ける。

口を開けばすぐ喧嘩になりそうなので、ゼラニウムとエリザベス両者を鋭く監視しつつ、アレクもついていった。

それからしばらくして、ようやく目的地に到着する。

「……ほら、あれがシードフラワーよ」

「あれが」

「ほう、美しい花じゃないか」

海中の崖に咲いているシードフラワーを確認し、アレクとエリザベスは笑みを浮かべる。

すると、ゼラニウムは得意げにシードフラワーの説明を始めた。

「当然よ！　人魚の国のシードフラワーは、その辺の海に咲いているのとは違って特別なんだから！　まず花弁のサイズが違うでしょ？　それでぇ……」

「どうでもいい。さっさと行くぞ」

「は？」

話を遮り、無視したエリザベスに、ゼラニウムは青筋を浮かべる。

「だから、やめてってば」

アレクがそろそろ武力行使に訴えようか悩み始めた瞬間、ゼラニウムが叫んだ。

「人魚以外が摘み取ったら価値が下がるわ！　アタシが摘む！」

「どうぞご勝手に」

ゼラニウムは豊かな金髪を揺らめかせ、尾ヒレを美しく動かしながらシードフラワーのほうへ向かう。

その時、アレクはハッとした。

「……あ、アグニ。アグニに似てるんだ」

ゼラを初めて見た時、どこか既視感があったのはそのせいだろう。思い出してスッキリした。

「……今、アグニって言った？」

ゼラニウムはぴたりと止まり、アレクを振り返る。

「？　うん」

「アグニは、今、どこに!?」

「うわっ」

詰め寄ってきたゼラニウムの勢いにたじろぎながら、アレクは答えた。

「トリティカーナの商会で働いてるよ」

「……そう。アグニは、生きてるのね。しぶとい奴」

「アグニと知り合いなの？」

アレクの問いに、ゼラニウムはふんと鼻を鳴らして言う。

「アグニは、私の妹よ」

「……へ？」

「だから、妹。私は、アグニの姉なの」

アレクは、改めてアグニを思い出す。ロースウェスト商会で働く彼女は気性が荒く、確かに性格も含めてゼラニウムによく似ている。しかし、外見はアグニのほうが大人っぽかった。

「アグニの妹じゃなくて？」

思わず尋ねてしまったアレクに、ゼラニウムは半眼を向ける。

「……どうせアタシはロリババァよ」

「あっ、えっと、そんなつもりじゃ」

「うっさいわね、ガキ」

「ご、ごめん」

どうやらゼラニウムは、自分がアグニより年下に見えることを気にしているらしい。

アレクは慌てて謝りつつ、気になっていたことを聞いてみた。

「……その、アグニはどうして地上に？」

「…………地上で稼ぎたいって」

「ん？」

「人魚の国じゃ商売しづらいからって、地上に出たのよ」

思いのほかシンプルな理由に、アレクは驚いた。しかし、アグニらしいといえばアグニらしい。

「も～、アイツとは大喧嘩したわ。超絶優しいアタシの言葉を、アイツは無視しやがった。だから喧嘩の時、髪飾りをむしり取ってやったわ」

「結構、過激だね」

「人魚の国から離れて地上に出た人魚は、加護を失う。だからそう簡単に帰って来られないのに」

ピリピリした様子でゼラニウムはわめいた。

「あ～～～っ！　今思い出しても腹が立つ！」

「ひどいダミ声だな」

「おいてめぇ、フザケンナ」

またも始まったエリザベスとゼラニウムのやりとりに、アレクはため息をつく。

そろそろこの流れにも、疲れてきた。

さっさとシードフラワーを摘んで帰りたい。

しかし、ギャンギャンと二人の言い合いは続くのであった。

◆　◆　◆

オデット、ウンディーネ、クリアは、場所を移して話をしていた。そこは、女王しか立ち入ることができない場のため、他の人魚に話を聞かれる心配もない。

「……ウンディーネ。私はまだ、あなたがしたことを許してないから」

クリアが低い声で言うと、ウンディーネは面倒くさげに視線をさまよわせる。

以前、ウンディーネはアレクをさらったことがある。クリアは、そのことについてまだ怒っていた。

「もういいでしょう？　私だって、アレクを守りたかっただけなのよ」

「嘘。ウンディーネ、あなたは嫉妬深い精霊よ。アレクが欲しくて、独り占めしたくて、あんなことをしたんでしょう」

「あなたがいるなんて知らなかったの」

「そんな簡単に済ませられることじゃ――」

「落ち着け、二人とも」

オデットの制止の声に、しぶしぶといった様子でクリアが口を閉じた。

オデットは続けて、ウンディーネに向かって言う。

「ウンディーネは、まず正式に謝罪をしろ。聞いた話じゃ、天使の子の記憶まで奪ったらしいな」

「……悪かったわ」

「クリアも、これで許してやれ」

「わかったわよ」

クリアは、仕方なく矛をおさめた。

これ以上言っても意味はないだろうし、これからも暴走したウンディーネを止めるのは無理だ。

二度と同じことが起こらないよう、目を光らせておこうと心に決める。

「それで……今の名は、クリアというんだな？」

オデットの問いかけに、クリアは頷く。

「ええ。今回の私の名前はクリアよ」

「そうか。まだ慣れないな」

「前回はスノウだったかしらね～。名前なんて記号に過ぎないんだから、なんだっていいのに」

ウンディーネの言葉を、「それは違うわ」とクリアが否定した。

「名前は私にとって大切なのよ。スノウであった私も、クリアである私も」

「はいはい。ごめんって」

ウンディーネは、さほど心がこもっていない様子で言う。

彼女は気分が移ろいやすい。相手の話をあまり真剣に聞かず、真面目に返さないところがある。

しかしそれは、興味がない場合。アレクは別だ。

「話題を戻そう。天使の子……アレクといったか。あの子は、やはりこちら側に引き込むべきだ」

「こちら側って」

「人間の世界から、私達の世界に」

オデットの言葉に、ウンディーネとクリアはそれぞれ違った反応を見せる。

「そうよ！　アレクは、私達といるべきだわ。人間からとっとと離れるべき！」

「それは違う！　今、アレクにはには兄や姉、それに友達がいるのよ。引き離すのは可哀想だわ」

「それが何？　私達が友達になればいいじゃない」

「アレクはあそこから離れたくないの！」

「だから、それが？」

そこでクリアは気づいた。

ウンディーネの目が、暗く澱《よど》んでいることに。

息を呑んだクリアに、ウンディーネは言葉を続ける。

「覚えてないの？　忘れた？　私達はかつて、同じ選択を迫られたわ」

忘れてなどいない。

くっきりと、鮮明に思い出せるくらい、その時のことは覚えている。

「……忘れるわけ、ないでしょう」

「それなら、わかるはずよ。アレクは人間から引き離すべき。賢明な判断だわ。生きてさえいれば、良いことがあるもの」

「でも、あの子の意志を尊重して……」

「エルミアの意志を尊重したから、エルミアは死んだのよ。言わせないで」

かつて、エルミアも同じように人間とともにあることを選んだ。

彼女は幸せそうに笑っていたはずだ。

クリア達は、その笑顔を見ていられるだけで良かったし、エルミアがはにかんだだけで幸福だった。

なのに、人間達はそれを奪ったのだ。それも、最悪な形で。

「エルミアはっ……人間に、裏切られたのよ!!」

そっと窘《たしな》めるように、感情的になったウンディーネの名をオデットが呼んだ。

「ウンディーネ」

この場にいる三人の想いは同じだ。

皆、アレクを守りたい。

しかしアレクの意志を尊重したいクリアと、意志を無視してでも守るべきだというオデットとウンディーネで、意見が割れてしまっている。

「人間の兄や姉が何？　人間なんて、簡単に裏切るに決まってる！　エルミアを裏切ったのは、エルミアが信頼していた人間の一人だったのよ！」

「やめて。……反吐《へど》が出るわ」

「クリア！　気取ってるだけで、あなたこそ人間を嫌ってる！」

「今さらそんなことを言わないで。アレクの前では、良い聖霊でいたいの」

その時、パン！　とオデットが両の手を叩いた。

二人は、弾かれたようにオデットを見つめる。

「……落ち着け。ウンディーネの言うことは間違っていないが、クリアの言うことも間違っていない。この議論に、正解など端《はな》から用意されていない」

「じゃあ、どうして私を呼んだの」

「今後について話しておきたかったんだ。クリア、お前は全力でアレクを守れ。いざという時は、我らも力を貸す」

「わかったわ」

「ちょっと、オデット！　あなたがアレクを引き離すべきだって言い出したんじゃない！」

ウンディーネが詰め寄ると、オデットはゆっくりと頷いた。

「あぁ、言った。だが、引き離すとは言っていない」

「どうして！」

「……天使の血を引いていたとしても、あの子は、人間なんだ」

「でも、あの子の魂は特別で――」

「その身に流れているのは、もうほとんど人間の血だ。本来は、我らが介入すべき領域ではないのかもしれん」

「オデット！」

ウンディーネが悲痛な声で叫ぶ。しかし、オデットは意見を変える気はないようだった。

「いいか。我らには踏み込むべき領域と、踏み込むべきでない領域が存在する。それはわかるだろう。人間の領域は、人間のものだ」

「だって……だって！」

「アレクは、人間だ。確かに天使の血を引き、特別な魂を持っている。だが……あの子はまだ幼い。まだ知らぬ幸せや出会いも多々あるだろう。その機会を奪い、アレクの笑顔を曇らせるつもりか」

「……わかっているわ、そんなこと。でも、私は後悔したくないの。私はクリアと違って、契約なんてできない」

「それが聖霊と精霊の違いだ。――そろそろ時間切れだな。戻ってきたようだ」

オデットはそこで言葉を切り、話を終わらせる。

元いた場所へ移動する間、誰も口を開かなかった。

◆　◆　◆

「クリアー！　ウンディーネ！　オデットさん！」

「オデット様と呼べ!!　と、コホン。……オデット様、ゼラが戻りました」

アレク達の手には、シードフラワーが握られている。

「ゼラ。アレクやエリザベスとは仲良くできましたか？」

「はい。もちろんでございます。お二人を案内させていただけて、光栄でした」

ゼラニウムが凄まじいスピードで猫を被り、声のトーンを上げる。

エリザベスはドン引きしていた。

光栄どころか、ひたすら不服そうだったことを忘れてなどいない。

アレクは苦笑を浮かべつつ、オデットに礼を言った。

「ありがとうございました！」

「……なに、構わん」

ウンディーネが「じゃあ、戻りましょうか」とアレク達に言う。するとクリアは、先に戻っていると言い残して姿を消した。

出発しようとした時に、オデットがアレクの頬に触れた。

「……？　オデットさん？」

「あ」

ポロリ、とオデットの瞳から涙がこぼれた。

一筋の涙が頬をすべり落ちる前に、オデットは慌ててそれを拭う。

「すまない。……どうか、元気で」

「……はい」

アレクが答えた次の瞬間、アレク達は激流に呑み込まれる。そして来た時と同じように、水中の景色が凄い速度で流れていった。

アレクは、去り際のオデットの涙が忘れられなかった。

◆　◆　◆

アレク達を見送ったオデットは、小さな声でぽつりとつぶやく。

「エルミア……あなたの意志は、生きています」

「オデット様。大丈夫ですか？」

「いけませんね。取り乱してしまいました」

どこか寂しそうなオデットの横顔を見て、ゼラニウムは唇を噛んだ。

天使の血を引く娘、エルミア。ゼラニウムは、エルミアのことをその程度しか知らない。しかしオデットにとって、エルミアがとても大きな存在だったことは知っている。

そして、こうもオデットの心を奪い続けているエルミアのことを、時折憎く思うのだ。

「ゼラは、あなたのそばにおります」

「ありがとう」

少しでも孤独が癒されるようにと願い、ゼラニウムはオデットに寄り添った。

第十話　これからも

リリーナやティール達の卒業試験の日が、とうとうやってきた。

準備を終えて会場へ向かおうとする二人に、アレクが声をかける。

「リリ姉、ティール姉」

「アレク君」

「どうしたの？」

「……頑張ってね！　二人なら大丈夫だって、応援してる！」

元気づけるようにそう言うと、二人は優しく微笑んだ。

「ありがと、アレク君」

「よっしゃ、いっちょ頑張ってきますか！」

「あ、ティール！　時間がないわ！」

「本当？　じゃあ、いってきます！」

「いってらっしゃい」

慌てた様子で寮の部屋から出ていく二人を、アレクは笑顔で見送った。

二人は、昨夜も遅くまで勉強していた。いつもなら時間にきっちりしているリリーナだが、珍しく今日は慌ただしかった。

「やっぱり心配だなぁ……」

英雄学園の卒業試験はとても難しく、全員が合格するわけではない。

落ちた者は留年して一年後に再度挑戦するか、中退するかのどちらかだ。中退の場合、もちろん英雄学園を卒業したことにはならないため、就職先での待遇に差が出てしまう。

——しかし、アレクは二人を信じようと改めて思う。

きっと大丈夫。

二人のために用意したシードフラワーは、試験合格後の卒業式で渡すつもりだ。

リリーナとティールが見えなくなってからも、廊下の先をじっと見つめていたアレクだが、背後から声をかけられて我に返った。

「おい、アレク！」

「っ！」

振り返ると、そこにいたのはエリザベスだ。

「こんな朝早くに、どうしたの？」

「どうしたのではない。今日は、シードフラワーの効果を試す約束だったろうが。ついでにお前の花も包装するんだろう？」

「あ、そうだった！」

すっかり忘れていた。

エリザベスとクリア、ウンディーネとともに、人魚の国に行ったのは一週間前のこと。

シードフラワーは、風当たりの良い場所で、一週間ほど地上の空気に馴染ませたほうがいいと教わった。

リリーナ達には秘密にしておきたかったので、シードフラワーはエリザベスにまとめて保管してもらっている。

ふとエリザベスの手元を見ると、しっかり花が握られていた。

「まったく……お前というやつは」

「ごめん」

「別に、怒ってなどおらんがな」

アレクは、そこでふと疑問が浮かぶ。

「ねぇ、シードフラワーの効果って、どうやったら表れるの？」

その疑問に、エリザベスも頼りなく首を傾げた。

「ふむ……花弁を食べるとか？　もしくは蜜を飲むとか？」

「いいの？　そんなに適当な感じで」

なかなか手に入れることができない花だ。もし使い方を失敗し、効果が出なければもったいない。

「む。確かに、そうだな。学園長あたりにでも聞いてみるか」

「今日は卒業試験だから、学園長先生いないよ」

試験のサポートをするのだと聞いている。

「何？　……そうか」

「どうしようねー」

他に、シードフラワーについて知っている人はいただろうか、とアレクが思った瞬間。

ぐわ、とエリザベスが大口を開けた。

アレクが驚きに目を大きく見開いたと同時に、エリザベスは躊躇うことなくシードフラワーを丸呑みした。

「……え？」

「しょっぱいな。海の花とは、よく言ったものだ」

「ええええええ⁉　い、いいの⁉」

「面倒だ。全部食べて取り入れてしまえば、同じだろう」

普通では考えられないほどの思い切りの良さだ。

「……どう？」

「む。むむ……おお！　凄いぞ！」

エリザベスが拳を握って言うので、アレクもつられて「おお⁉」と声を上げる。

「な、何が凄い⁉」

「今だったら……飛べる！」

「へ？」

エリザベスの背中に、バサリと黒色の羽が出現した。

コウモリの羽を彷彿《ほうふつ》とさせる骨張ったそれは、バサバサと大きく広がり、エリザベスの体を浮かせる。

「ええええええ!?」

「ハハッ、羽だ！　これは凄いぞ！　吸血鬼の初代女王しか持たぬと言われていた羽を、私が手に入れるとは！」

興奮し、廊下を飛び回るエリザベス。

アレクはそれを、呆気に取られながら見つめた。

「アレク！　お前も飛ぼう！」

「飛ぼうって……僕には、羽がないよ」

「私が手伝ってやる！」

「わっ」

エリザベスはアレクの手を取ると、寮の窓を開けて空へ飛び出した。

浮遊感に包まれて、アレクは思わず悲鳴を上げる。

「こ、怖いって！　エリザベス！」

「なに、普段から召喚獣に乗って飛んだりしてるんだろう？　それと変わらぬ」

「安心できないんだよ～！」

召喚獣に乗っている時とは、まるで安定感が違う。

エリザベスの手を離せば、あっという間に落ちてしまうようなこの状況で、安心しろというほうが無理である。

「情けない奴だな……」

「それより、なんでそんなに平気なのさ！」

「本能ってやつか……っ⁉」

その時、くん、と体を引っ張られる感覚がした。

バランスを崩し、ギュッと目を瞑るが、どうやら誰かに抱きかかえられているようだ。

「何やってるの？」

「え？　姉様？」

その正体は、姉のエルルだった。

右腕にアレク、左腕にエリザベスを抱えたエルル。おそらく重力を操作する魔法を使っているのだろう。

「一瞬、魔物かと思ったわよ」

呆れたように言うエルルに、エリザベスが抗議の声を上げる。

「おい、羽が千切れるじゃないか」

「そんな迂闊《うかつ》に飛ぶものじゃないわ。ほら」

エルルが指差した方向には、野次馬であろう生徒達が集まってきていた。

「あー……魔物じゃないぞ」

「わかってるわよ、それくらい」

エルルは二人を地面に下ろすと、生徒達に声をかけた。

「別に魔物じゃないわ。害もない。いいから散りなさい」

この場に、エルルに逆らえる者などいない。

生徒達はちらちらと振り返りつつ、自室へ戻っていった。

「今度からは人目を気にしなさい。あなたが起こした事件は忘れてないわ」

「む」

学園に来たばかりの頃、エリザベスは幻術等を用いて、ちょっとした事件を起こしたのだ。

「別に、責めているわけではないけど」

エルルなりの気遣いがこめられた言葉に、エリザベスは小さく頷いた。

「そろそろ行くわ。用事があるの」

「世話になったな」

エリザベスは殊勝《しゅしょう》に言う。

一方アレクは、ふと気になってエルルに尋ねた。

「姉様、用事って？」

「生徒会の仕事」

「生徒会の、仕事っ……!?」

アレクは己の耳を疑った。

エルルもガディも、冒険者として依頼はこなすが、非常に気まぐれだ。学園に関わることで何か頼まれたとしても、めったに首を縦には振らない。

それなのに、生徒会の仕事とは。

「頭打っちゃった……？　それとも、怪しい薬を飲んだとか？」

「そこまで驚かれるとは思ってなかったわ」

「だって、だって、え？　生徒会の仕事？　姉様が？　天変地異？」

「仕方ないのよ。私、副会長になったんだもの」

エルルのその言葉に、アレクはさらに驚いた。

エルルが副会長ということは、もしや次の生徒会長は――

「あの、もしかして……リリ姉の次の生徒会長は……兄様……？」

「ええ」

あっさり頷いたエルル。

次の瞬間、真っ青な顔をしたエリザベスは、羽をたたみ、すたすたとこの場を去ろうとする。

「終わったな。この学園はもうおしまいだ。私は実家に帰る」

「ちょっとエリザベス⁉」

アレクは慌ててストップをかけた。

「離せ、私は帰る！」

「いやいやいやいやいや！　僕を置いてかないでよ！」

「置いてくわ‼　そんな危険な場所にいたら、命がいくつあっても足りん！」

「ひどくない⁉　仮にも人の姉と兄だよ⁉」

思わず飛び出したアレクの言葉に、エルルは悲しそうな表情を浮かべる。

「アレク、仮にもって……」

「うるっさい、この際お前も同類だボケ‼　軽く人類を超えてるようなことばっかり毎回しやがって！　周りの奴ら全員、お前のことをヤバい奴だと思ってるし、日頃の様子も聞いてるからな！　逆立ちして走るんだろ！」

「捏造《ねつぞう》がひどい！　逆立ちして走るってなに⁉」

おそらく同級生が、面白おかしくアレクの日常を広めたのだろう。

しかし、逆立ちして走ることなどできない。

アレクは思わず頭を抱えた。

「アレク」

「っえ？」

後ろから服の裾を弱々しく握られた。

振り向くと、今にも泣き出しそうなエルルがこちらを見ていた。

そのしぐさと表情は、見る人が見れば、全員ノックアウトされそうなほどあざとい。

「お願いだから、仮にもなんて言わないで……」

「ご、ごめん。姉様は姉様だよ！」

「アレク！」

「だけど、姉様が副会長なんて嘘だよね？　兄様が会長なんて嘘だよね⁉」

アレクの反応に、エルルは再び撃沈した。

「…………本当よ」

「助けてくれ、母よ‼」

「エリザベス、だから逃げないでって！」

ああ、神は我々を見捨てたのか、とエリザベスは嘆く。そもそも吸血鬼で、神など大して信じてもいないのに、大袈裟だ。

アレクは、逃げ出そうとするエリザベスを必死に引き止める。

一方のエルルは、弟にがっつり拒絶されたショックで再起不能だ。

ツッコミ役不在のまま、しばらくこのカオスな状況が続いたのだった。

◆　◆　◆

卒業試験が終わり、しばらく経った。

リリーナとティールは、無事卒業試験に合格。

そしてついに、卒業式の日が訪れた。

『えー、じゃあ、生徒会長のリリーナさんにご挨拶してもらおっかな』

卒業式は、全生徒が参列して行われる。

学園長から拡声器を渡されると、リリーナは小さく咳払いをし、慣れた様子で話し始めた。

『……これで生徒会長としての話も、最後になるんですね。まだ、卒業の実感が湧きません。この学園で過ごした時間は、長いようで短かったけれど、私の人生の中で最も大切な時間でもありました。私はこの学園を愛しています。ここには優秀な生徒がたくさんいますが、全員が卒業試験に合格できるわけではありません。また卒業試験にたどり着く前にも、学園を去っていく仲間を見送ったことがあります。……仕方がないことだとわかっていますが、寂しいものです。ですから、どうか皆さん、人生を諦めないでください。頑張れば道を切り開くことができます。私達の自慢の後輩となってください。私からは、以上です』

リリーナの話に、時折涙を浮かべる生徒も見受けられる。

彼女は、同級生からも後輩からも、信頼される生徒会長だった。

『ええと、じゃあ……この後は、次期会長のガディさんに譲ります』

リリーナの話を穏やかな気持ちで聞いていたアレクは、その言葉に胃がキリキリと痛み出した。

ガディはリリーナから拡声器を受け取り、生徒達を見回す。

『……次期会長の、ガディだ。よろしく。この学園をより良くできるよう、努力する』

頼むから厄介事だけは起こさないでくれ、とアレクは願うばかりだ。

『前会長のリリーナは、俺より優秀だ。俺には至らないところもある。そこは理解してくれ』

あれ、案外普通……とアレクが胸を撫で下ろしたその時。

『ここまでは、建前だ』

ガディのその言葉に、アレクはサァッと青くなった。

『いいか、生徒全員俺の役に立て。俺についてこい。英雄学園とかいう、ようわからん見栄っ張りな名前に相応《ふさわ》しいよう、思い切り暴れろ』

「……ようわからんって言っちゃう？」

学園長のツッコミは無視し、ガディが続ける。

『くれぐれも、落第するな。学園をやめたら、ただじゃおかん。いいな』

「うおおおおおおおおお!!」

「ガディ様〜〜〜〜!!」

生徒達がどっと沸く。

「……いや、なんで？」

アレクは思わずつぶやいた。

今の話のどこに盛り上がる要素があったというのだ。

あまりの熱狂ぶりに、隣に立っていたライアンはぽけっと口を開けている。

シオンも、ライアンと同じように固まっていた。

ユリーカは「相変わらずね、ガディさん」と特に気にした様子もなく言う。

そして、アレクはそれ以上深く考えるのはやめた。

◆　◆　◆

式典の後は、卒業生のための立食パーティーが行われる。

主役は卒業生だが、在校生も顔を出すことができる。

煌《きら》びやかなドレスを身にまとった卒業生達は、ひたすら輝いていた。

「お疲れ様です、リリーナ前会長！」

生徒会の元メンバー達が、口々にリリーナを労う。しかし、当のリリーナは頭を抱えていた。

「……不安になってきたわ」

ガディの破天荒ぶりで、本当にやっていけるのだろうか。

リリーナに声をかけた生徒会の元メンバー達も、「あ～……」と気まずそうに唸った。

「あの子達には、さんざん振り回されましたもんね」

「どうして学園長先生は、あの人を次期会長に指名したのかしら」

「そりゃあやっぱり、カリスマ性だと思いますよ。オーラがヤバいじゃないですか。エルルさんもですけど」

先ほどの盛り上がりを見ると、その人気は疑う余地もない。

少なくともガディに逆らおうとする愚か者はいないだろう。

「ああ、心配だわ」

なおも頭を抱えるリリーナに、声をかける生徒がいた。

「リリーナ！」

「ティール」

リリーナ同様、美しいドレスで着飾ったティールは、頬を上気させながら言う。

「アレク君が来てる！　卒業祝いをくれるって！」

「え、ほんと？」

「おっと……僕達は、これで失礼しますね」

生徒会の元メンバー達は、気を遣ってその場から離れていく。

ティールに腕を引かれて移動すると、そこにはアレクが立っていた。

「アレク君」

「リリ姉、ティール姉、卒業おめでとう！」

「わっ」

アレクから差し出された二輪の花は、今まで見たどの花よりも綺麗だった。

「……これ、もらってもいいの？」

「もちろん！」

「うわあっ、ありがとう～！」

リリーナとティールは、嬉しさに頬を緩めながら花を受け取った。

花からは、どことなく海の香りがする。

「えっとね、リリ姉、ティール姉」

そこで、アレクがどこか改まった様子で切り出した。

「うん？」

「どうしたの？」

「……二人がいなかったら、僕、ここには来られなかった。こうして今、楽しく過ごせているのは、二人のおかげなんだ。本当にありがとう!!」

それは、アレクにできる最大限の気持ちの伝え方だった。

二人がいなければ、アレクは英雄学園に入学することもなかった。

アレクを引き戻そうとしていたガディとエルルを止めてくれたのも二人だった。

ガディとエルルは、この学園に入って多少丸くなった。

破天荒ぶりは変わっていないが、誰もかれもが敵だといわんばかりの、尖っていた頃の面影はもうない。

生徒会の会長と副会長を務めることに、アレクもかなりの不安を抱いているものの、当の本人達は楽しそうだ。

アレクは、英雄学園に来て、本当に良かったと思っている。

「また、会えるよね」

「……ええ」

「あったりまえよ！　だって、私達……アレク君のこと、大好きだもの！」

ティールがギュッとアレクを抱きしめる。

リリーナも遠慮がちに近寄り、二人まとめてそっと抱きしめた。

三人とも、この日を迎えることができたことに心から感謝していた。

◆　◆　◆

――卒業式とパーティーが行われた、次の日。

「ないっ……ない！　私の羽がないーーーっ!!」

寮の一室に、エリザベスの悲痛な叫び声が響き渡った。

どうやらシードフラワーの効果は、一時的なものであったらしい。

残念ながら、エリザベスの羽は失われてしまった。

第十一話　シルファと空飛ぶ魚

――魔法とは、ある種の文化である。人類の発展には欠かせないものであり、神の愛により人間に与えられた贈りものだ。


パラパラと書物をめくりながら、トリティカーナ王国の第三王女シルファがため息をついた。

「つまらない」

「……そうですか」

「つまらないわ」

「はい」

すぐそばに控えているのは、彼女の執事であるデューイだ。

今日も今日とて、シルファの愚痴《ぐち》は多い。

「偉人の名言集……これ、ハズレよ。名言にすらなっていないわ」

「シルファ様、お願いですから、家庭教師の前ではそんなことを言わないでくださいね。家庭教師が自信をもって紹介してくださった書物です」

「嘘でしょ？　これが？」

どうやらシルファは、家庭教師と趣味が全く合わないらしい。こんな書物をすすめるなんて、どうかしている。

「魔法が使えるのは、神に愛されているからなんですって」

「そうですか」

「だったら、私は神様に愛されてないのね」

「そんなはずはございません」

デューイは間髪を容れずに答えた。

シルファは、自ら魔法を操ることができない。魔力はあるのだが、使おうとするとすぐに暴走してしまうのだ。

「努力をなされば報われますよ」

「そんなこと、思ってないくせに」

「思っています」

口ではそう答えるデューイだが、実際にはシルファの言う通り、努力をすれば報われるなどとは思っていなかった。

この世界では、結果がすべて。努力だけでは解決できないことが山ほどある。

事実、これまでにデューイも辛酸《しんさん》を嘗《な》めたことは数知れずあった。

能のない貴族の息子に、王女付きの執事という自身の立ち位置を奪われたこともある。幸いなことに、相手の自滅によりすべてを取り戻すことができたが。

とはいえ、そんなドロドロした大人の世界をシルファに見せたくはない。そのため、デューイは大人しく口を閉じることにした。

「……はぁ」

「今日はご気分が優れませんね。どうなさったんですか」

「お父様が、模擬戦には出ちゃダメだって」

模擬戦とは、王族の兄妹同士が行う決闘のようなものだ。トリティカーナの王族は、東の大国ダンカートほどではないが、武芸を嗜《たしな》む一族である。そのため、模擬戦はとても見応えがある。

しかし、その模擬戦にシルファは出られない。魔法が上手く使えないからだ。

「大人しく見てなさいだって。惨《みじ》めだわ。ただ見ているくらいなら、行きたくない……」

「……でしたら、行かなければいいのでは？」

思わずそんな言葉が口から出てしまい、デューイは内心冷や汗をかいた。ただの従者が王の決定に異を唱えるとは。

「そうね！」

憂《うれ》いに満ちていたシルファの顔が、満面の笑みに変わる。

決して、この笑顔が見たかったというわけではない。シルファに元気になってほしいと、思っていたわけでは――

「デューイありがとう！　大好き！」

――ないはずだ、多分。

「そこまで言ってくれるなら、協力してくれるよね？」

――やってしまった。

デューイは数秒前の自分の発言に、早くも後悔していた。

◆　◆　◆

卒業式が終わり、しばらく経った。

しかし在校生は、冬休みまでの間、引き続き授業がある。

「ユリーカ、魔法学のノート貸して～」

「……ん」

ライアンが、ユリーカから借りたノートを見て首を傾げる。

「なんか、しわが寄ってね？　ふやけた？　もしかして雨に濡れたか？」

「……違う」

「？」

言い淀むユリーカだったが、すかさずシオンが説明した。

「えっとね、この前のお休みの日に、ユリーカの家で蜘蛛《くも》が出たらしくて」

「蜘蛛」

「ユリーカ一人だったから、パニックになったんだって。蜘蛛に蜂用のスプレーをかけたの」

「蜘蛛に対する殺意が尋常じゃねぇな。オーバーキルじゃん」

呆れた様子のライアンに、シオンは笑顔で言う。

「ふふ、急に泣きながら連絡してくるから、何事かと思ったよ～」

「言わないでよ……」

「で、蜘蛛がのっていたノートも、スプレーで濡れちゃったんだって」

ちなみに、スプレーはまるまる一本使ったという。

蜘蛛は、一センチ弱のサイズだったそうだ。どう考えても、使いすぎである。

「おはよ」

そこに、アレクが登校してきた。

「あ、アレク君！　おはよう」

シオンに挨拶を返しつつ、アレクの目は、ライアンの前に置かれたシワシワのノートに向かう。

どうしたのか尋ねようとしたところで、教室にガディが顔を出した。

「アレク」

「あれ？　どうしたの、兄様？」

「連絡だ」

ガディが差し出したのは、連絡用の水晶だ。

不思議に思いながらもそれを受け取り、アレクは教室から離れた。

『繋がってるかしら？』

「あれ、シルファ。どうしたの？」

そこには、久々に会う婚約者シルファの顔が映っていた。

どことなく上機嫌に見える。何か良いことでもあったのだろうか。

『アレク、次の休みの日は空いてるかしら』

「うん、空いてるけど」

『その日に会いましょう！　約束よ！　場所は、ギルドの前ね！』

「へ？」

アレクの返事を聞くことなく、シルファからの連絡が切れてしまう。

急に会おうだなんて、どうしたのだろうか。

アレクもシルファに会いたかったが、こうも突然だと戸惑う。

「俺は、弟の婚約者の手助けをしたのか……」

アレクの後ろで、ガディがへこんでいる。

そろそろアレクとシルファの関係を認めたかと思われたが、ガディはどこまで行ってもガディだった。

◆　◆　◆

次の休日。

「アレク！」

「シルファ……かな？　それにデューイさん」

「アレク様、おはようございます」

約束した場所に現れたのは、変装したシルファと、シルファ付きの護衛であるデューイだった。

王女だとわからないように、村娘の格好をしている。

シルファはアレクのそばに駆け寄ると、ニコニコしながらアレクのことを見てくる。

なんとなく恥ずかしくなったアレクは、誤魔化すようにシルファに話しかける。

「ねえ、シルファ。今日はどうして僕を呼んだの？」

「あ、えと」

「シルファ様は、模擬戦をサボりたかったんですよ」

「デューイ!!」

シルファがボッと顔を真っ赤に染めて、デューイを殴った。

しかしシルファの軽いパンチなどものともせず、デューイはすんと澄ました表情で立っている。

「模擬戦？」

アレクが首を傾げると、デューイが説明してくれた。

「王族同士……というか、兄妹同士で行う年間行事のようなものです。シルファ様は諸事情により欠席でございます」

諸事情という言葉で、アレクは察した。シルファの事情は、アレクも承知している。

「そっか……その模擬戦の日に、どうして僕を呼んだの？」

「空飛ぶ魚を捕まえるのよ」

「空飛ぶ魚？」

シルファが合図を送ると、デューイが釣り竿を取り出した。撒き餌《まえ》なども揃っているようだ。

「……私が模擬戦に見学に行っても無意味だもの。それよりね、ラルクの丘には、空飛ぶ魚がいるの。とっても美味しいのよ」

シルファは、アレクと一緒に何か別のことをして気を紛らわせたいようだ。しかし、それを素直に口にするのは嫌なのだろう。

シルファ自身、魔法が使えないことが悔しいのだ。

「うん、行こう」

「いいの？　ほんとに？」

「呼び出したのは、シルファじゃん」

「でも……断られると思ってたの」

「ここまで来て？」

妙なところで、臆病な少女である。

シルファのほうが年上だが、まるで妹を相手にしているような気分になって、アレクはシルファの頭を撫でた。

「元気出して。行こ」

「……うん」

それを見ていたデューイは、「最近の子供はませてるなぁ」とつぶやいた。非常に小さな声だったので、アレクとシルファには聞こえていない。

別にませている二人ではないのだが、デューイはどこかズレている。一人で勝手に感心し、何度も頷いていたのであった。


小高いラルクの丘にそびえ立つ、一軒家。

そこでは、空飛ぶ魚の捕まえ方をレクチャーしてくれるという。

三人が一軒家を訪ねると、そこには夫婦が住んでいた。

「……」

「はじめまして。この地域の管理人……とでもいうのでしょうか。ラティと申します。よろしくお願いします」

「よろしくお願いします！」

アレクが頭を下げると、ラティはふわりと微笑んだ。とても美しい女性である。

デューイがぽーっと見惚れているが、どこからともなく殺気が漂ってくる。

「…………おい」

ラティの隣に立つ男性が恐ろしい声を出す。

「は、はい」

「俺の、妻だぞ」

「スミマセン」

「今度、邪《よこしま》な目で見たら潰す」

「ひっ」

デューイは、怯《おび》えたようにアレク達の後ろに回り込む。

殺気立つ男性を諫《いさ》めたのは、妻のラティであった。

「旦那様。やめてください」

「情けないわね、デューイは」

「シ、シルファ様。多分、あの方はただ者じゃないですよ。めっちゃ怖いです」

王宮の外にいるからか、デューイの口調が砕けたものになっている。単純に気が緩んでいるだけの可能性もあるが。

「お兄さん、お姉さんはとっても綺麗ですね！」

アレクの発言に、それはマズイだろうとデューイは慌てて止めようとした。

先ほどのやりとりを見ていなかったのか。

しかし、先ほどとは打って変わって、男は優しげに目を細めた。

「……そうだろう」

「はい」

「俺のラティは世界で一番美しい」

「旦那様ったら」

「……嘘でしょ？　アレク様ならいいんですか？　子供だから？　え？」

甘い空気が漂い始めたところで、デューイは大きめの独り言をこぼす。

ちなみに真相は、単純にデューイが気に入らなかっただけである。

「……魚を捕まえたいんだったか」

男性が気を取り直したように尋ねると、アレクとシルファが元気よく答えた。

「そうです！」

「私達、空飛ぶ魚を捕まえにきたんです」

「なるほど」と頷き、男性は釣り竿を取り出した。デューイが持ってきたものとは、多少形状が違う。

「これを使え」

「そ、それでしたら持参したものが……」

デューイが恐る恐るといったふうに、釣り竿と撒き餌を見せる。

男性は何も言わず、眉根をぎゅっと寄せながらデューイの手元を凝視した。

沈黙に気まずく思っていると、ラティが補足する。

「空飛ぶ魚は、普通の釣り竿では捕まえられないんです。何しろ、普通の魚とは違うので」

「そうなんですか？」

「おい、見るな」

「いや無理ですよ！」

チラリとラティに視線を向けただけで、この対応である。デューイは、徹底してラティを視界に入れないようにするしかない。

「眼福だと思っただけなんです……邪な気持ちはないんです……」

デューイが天を仰ぎながらつぶやくが、ラティは構わず説明を開始する。

「空飛ぶ魚……私達は空魚《くうぎょ》と呼んでいます。空魚は海に棲《す》む魚より身が軽く、骨の代わりに鳥のような羽があります。この専用の釣り竿で釣り上げると羽が消失して捕まえられるんです。ただ、この釣り竿を使ったからといって、空魚がかかることは滅多にありません。コツがいりますので」

「コツってなんですか？」

「空魚は泳ぐスピードがとても速く、まず見つけなければなりません。空魚がよくかかるポイントがありますので、そこで試すといいでしょう。空魚を見つけたら、逃げられる前にこれを地面にぶつけます」

ラティが取り出したのは、片手におさまるほどの大きさのカプセルだった。

カプセルの中には、鈍い色をした煙のようなものが充満している。

「いわゆる撒き餌ですね。これで魚を酔わせるんです。ヘロヘロになったところに釣り竿を投げれば、酔って噛みつきます。空魚は、軽い割に噛む力は異様に強いので、ここからはパワー勝負ですね」

「はあー……」

「ほえー……」

アレクとシルファは、揃って口を開ける。

なんだか思っていたよりも大変そうだった。

シルファは王女であるため、空魚の価値など気にしていなかったが、非常に希少価値の高い魚だ。

城勤めの兵士の三ヶ月分の給金と同等の値段で売れる。

「じゃあ、行ってこい。ポイントは、この家から出て北に五十歩、東に三百歩の地点だ」

男性はそう言って、アレクとシルファに釣り竿を渡してくれる。ラティからは、カプセルを受け取った。

男性はちゃんとデューイにも釣り竿を渡してくれたので、アレクは密かに安心する。

「ありがとうございます！」

「アレク、行こう！」

「うん！」

アレクとシルファは楽しげに外へ飛び出していく。

「ま、待ってください！」

デューイがその後を追おうとするが、焦っていたため釣り竿を取り落としてしまった。

カシャンという軽い音と同時に、「おい」という男性の低い声が響く。

「大事な釣り竿を落とすとは、どういうことだ」

「この人、地雷多くない!?」

デューイは、思わず涙目で叫んだ。

「やはり、お前には一度痛い目を……」

「やめてください、本当にお願いします。靴でもなんでも舐《な》めますんで、どうか勘弁を！」

デューイは腰を直角に曲げて、謝り倒す。

「…………いや、そこまでしなくても」

これには、流石の男性もドン引きであった。


先に家を飛び出したアレクとシルファは、男性に教わったポイントにたどり着いた。

「ここ、だ！」

さてどうなるかと顔を上げるが、そこには何もいない。

「……いないね」

「うん」

「待つしかないね」

「うん」

仕方がないので、二人で空魚を待つことにする。

しばらくじっと待っていた二人だったが、沈黙に耐えきれなくなったのか、先に口を開いたのはシルファだった。

「……私って、魔法が使えないじゃない」

急にどうしたのだろうと思いつつ、アレクは小さく頷いて言葉の続きを待つ。

「模擬戦に出るなってお父様に言われて。それで思い知らされたっていうか。ああ、私って本当にダメだなって思っちゃったの」

シルファは地面に座り込み、自分の体を抱きしめるように、ギュッと腕に力を込める。ひどく不安げな雰囲気を漂わせていた。

「シルファ。そんなことないよ。シルファはダメな子なんかじゃない」

アレクは、慰めなどではなく、紛れもない本心からそう口にした。

シルファは実際、国民に一番人気のある王女だ。

その可憐さが人気の理由の一つではあるが、それ以前に、民からとても愛されている。

魔法が上手く使えないというハンデを持ちながらも、国民と同じ目線で物事を見ようとたくさん努力してきたのだ。

それだけでなく、何度失敗しても、くじけそうになっても、魔法の練習を続けてきた。

シルファのその努力を、アレクは知っている。

しかし、シルファは諦めたような笑みを浮かべた。

「アレクは優しいよね。いつも、私の欲しい言葉をくれる」

シルファは、アレクが気を遣っているのだと思っている。

しかし、そうではない。心の底から思っているのだ。

「ううん、やっぱりシルファは凄いよ。僕は……自分の置かれた環境や自分を変えるために、シルファほど頑張ったことはなかったから」

アレクは、ムーンオルト家にいた頃のことを思い出す。

「僕は多分、どこかで諦める癖がついていたんだと思う。だけど、シルファは諦めないでしょう。充分、凄いよ」

シルファは、アレクの言葉を否定しようとした。

しかし、アレクがあまりにまっすぐな瞳でこちらを見つめていたので、何も言えなくなってしまった。アレクの目には、憧れの色が浮かんでいる。

「そんなに褒めてくれるの？　嬉しい」

「シルファ、悩みがあったらなんでも言って。僕もだけど、デューイさんも聞いてくれるよ」

シルファの悩みを少しでも軽くしたい。

その一心でアレクが言うと、シルファは迷うような素振りをした後につぶやいた。

「私……迷惑じゃないかなぁ」

「迷惑って、誰の？」

「家族の。お父様やお母様、お兄様、お姉様はみんな……ちゃんと魔法が使えるもの。トリティカーナは、四大王国の一つ。それなのに、私は出来損ない。魔力が制御できず、魔法が使えないなんて、話にならないわ」

「シルファ」

シルファには、生まれながらの劣等感が付きまとっている。それは、かつてアレクも抱えていたものだ。二人は、よく似ているのかもしれない。

「ねぇ、シルファ。ウィルスのことは、わかるよね？」

「ウィルスお義姉様？」

東の大国ダンカートの王女ウィルス。彼女は、トリティカーナ王国の第一王子ルギウスの婚約者でもある。

「ウィルスの国ダンカートには、魔力が多い人がほとんどいないでしょう？　だけど、独自の文化で発展している国だ」

「……でも、お義姉様は」

「うん。ウィルスは魔法を使えるよね。でもさ、ダンカートは魔法の恩恵があったから発展したわけじゃない。魔法だけがすべてじゃないよ。シルファはきっと……国民のことを一番に考えてるし、一番理解できるんじゃないかと思う。シルファにしかできないことも、あるよ」

アレクの言葉は、シルファの心にじんわり沁みていく。

「……ありがとう。ちょっと元気出た」

「良かった！　……ん？　あれ何？」

その時、アレクが何かを見つけた。

フヨフヨと空を漂う、長細い布切れのようなもの。それが近づくにつれて、形がはっきりと見えてきた。長細いつるりとした体には、鳥のような羽が生えている。

「く、空魚だ！　空魚だよ！」

「どっ、どど、どうする？　どうする⁉」

「カプセル！　カプセル！」

先ほどラティから説明された通り、カプセルを地面に叩きつけようとしたその時——

「やっと解放されましたよ〜。シルファ様、アレク様、空魚は……え？」

「おりゃあ！」

シルファとアレクの前に、デューイが現れた。その足元に、シルファの投げたカプセルがちょうどヒットする。

ボフンッ！　と煙が上がり、デューイの絶叫が響いた。

「何これ、くっさぁ⁉　うーっわ、げほっ、くさっ⁉　あ、待って、涙出てきた」

「デューーーーイ‼」

「デューイさん⁉」

ゴロゴロと地面をのたうち回るデューイ。話し方に気を遣う余裕はまるでなさそうだ。

あたりには、少々不快な匂いが広がっている。この匂いを至近距離でぶちまけられては、さぞ辛いだろう。

「あ、空魚が酔ってる！　釣り竿！」

「わかった！」

デューイには悪いが、構っていられない。

アレクとシルファは、酔ってフラフラし始めた空魚に狙いを定める。

「鼻が曲がるぅ……」

——今日のデューイは、つくづくついていない。

厄日に違いないと、鼻を押さえながら苦しむのであった。

第十二話　小さな婚約者

デューイは、アレクとシルファが小さい頃から二人を見守ってきた。可愛らしい子供時代から、ずっと。

——もっとも、今も可愛らしい子供ではあるが。

デューイの中で特に印象深く残っているのは、アレクが五歳、シルファが七歳の時のエピソードである。


婚約者であった二人は、たびたび王宮で顔を合わせていた。

その頃、まだ互いの立場はあまり理解していなかっただろうが、二人とも仲は良かった。

そのためデューイは安心していた。

しかし、そこで事件が起きた。

互いの魔法を見せ合いっこしよう、とどちらかが言い出したらしい。そしてさっそく試した二人だったが、シルファの魔法が暴走した。

今でも、よく覚えている。

自分の力をどう操ればいいのかわからず、泣き叫ぶ少女の悲鳴を。

当時のデューイはまだ若く、どうすべきなのかわからなかった。

いや、止めるべきだとはわかっている。しかし、どうやって？

シルファ王女に駆け寄れば、暴走した魔法に巻き込まれ、体が切り刻まれるだろう。

いくら考えても、答えは見つからなかった。

その時に、アレクがシルファを止めたのだ。

魔法で魔法を相殺《そうさい》し、泣いているシルファを抱きしめて――

「だいじょーぶ。だいじょーぶだよ」

ひたすらそう繰り返していた。

シルファの魔法の暴走はおさまり、その場には少女の泣き声だけが響く。

デューイは、思わず呆然としてしまった。

英雄家の生まれとはいえ、ただの子供だと思っていた。

しかし、その評価はすぐに吹き飛んだ。

そこでデューイは悟ったのだ。将来きっと、彼は歴史に名を刻むほどの人物になると。

そして、アレクとともにあれば、シルファは幸せになれる。

まるで未来を予知したような高揚感に包まれた。

もちろん、デューイにはそんな力はない。しかし、その時はなぜか確信に近い感情を抱いたのだった。

「――デューイさん、デューイさん！　大丈夫ですか⁉」

「そ、そんなに臭かったのかな……？」

遠くから、アレクとシルファの声が聞こえてくる。

うっすらと目を開けるが、意識ははっきりしない。ふと、綺麗な川が見えたような気がした。反対側の川辺では、死んだ祖母が朗《ほが》らかに笑っている。

「どおりゃあっ！」

「いっだ⁉」

しかし、ベチン！　と頬をビンタされた衝撃でデューイは飛び起きた。

なかなかに痛快な一撃である。

「デューイさん！　良かった」

「もう起きないかと」

アレクとシルファがホッとしたように微笑む。

「そ、そんなヤワじゃありませんよ」

「でも気絶してたじゃない！」

「いや、あれはもう兵器並みの臭さですって。人間を滅ぼせますね」

あの激臭は二度と嗅《か》ぎたくないと、デューイは首を横に振った。今でも目が潤《うる》んでいるし、鼻の奥がズキズキと痛い。

美しいラティの顔を思い出し、ため息をついた。あんなに危険なものを渡してくるとは。

あの夫婦は曲者《くせもの》だ。

「あっ、見て、デューイ。空魚が釣れたのよ！」

シルファとアレクが一匹ずつ空魚を抱えている。

どうやら今日の目的は達成したらしい。

「そうですか。じゃあ、帰りましょうか」

デューイは、これ以上、厄介事に巻き込まれるのはごめんですので、という本音を呑み込んで言う。

借りた釣り竿はアレクとシルファが返しに行き、デューイは家からそれなりに離れたところで二人を待ったのであった。


アレクとシルファ、デューイを乗せた馬車は、英雄学園の前で停まった。

アレクが馬車を降りると、シルファも一緒に降りて礼を言う。

「アレク、今日はありがとう」

「ううん！　今日は凄く楽しかった」

「私も」

デューイも馬車を降り、二人の様子を少し離れた場所から窺っていた。

「悩みがあればなんでも相談してって言ってくれたの、嬉しかった。凄く……凄く」

「へへ、照れるなぁ」

互いに赤面しながら、笑い合う。

青春だなと思い、デューイは遠い目をした。自身は、経験してこなかったものだ。

あれは、あまりに眩しすぎる。

「あの、アレク。私達、婚約者じゃない」

改まった様子でそう切り出したシルファ。

デューイは思わず馬車の陰から身を乗り出した。

まさか、シルファは告白でもするのだろうか。

婚約している二人だが、互いに想いを伝え合っているシーンは見たことがない。

「私、アレクのこと好きよ。好き」

——言ったぁぁぁ！

デューイは、その言葉を必死に呑み込む。

しかし、これまでずっと見守ってきた少女の告白だ。デューイのテンションは最高潮に達する。

さて、アレクの返事はどうかと期待した、その時。

「ありがとう、シルファ。でも、ちょっと違うでしょ？」

――違う？

アレクの言葉が理解できず、デューイは首を傾げる。

「シルファの好きは、恋愛の好きじゃないでしょ。友達、もしくは弟みたいな。わかってるよ、それくらい」

続くアレクの発言に、デューイは目を見開いた。そんなはずはない。シルファはアレクを想っているはずだし、アレクもまたシルファを想っているはずだ。

しかし――

「わかってたの？　流石アレクね」

シルファの返答に、デューイは落ち込んだ。

――知らなかった。全然知らなかった。

デューイは、己の勘の鈍さにショックを受ける。

てっきりシルファは、アレクに恋をしているのだと、ずっと思い込んできたのに。

「あのね、アレク。私はあなたのことが好きだからこそ、無理をしてほしくないの。私達は婚約しているから、将来結婚するでしょ？　でも、それは絶対じゃないわ」

「絶対じゃない？」

「ええ。あなたに好きな人ができたなら、私から婚約はなかったことにするわ」

シルファの言葉にデューイは驚く。

アレクもまた、混乱しているようだ。

「で、でも」

それは、シルファの一存で決められる話ではない。王家の面子《メンツ》にも関わることだ。

しかし――

「お父様は私に甘いもの。大丈夫よ」

「そ、そっか。でも……きっと僕に好きな人はできないよ。誰かを恋愛感情で好きになるなんて、想像できないから」

「それなら、それでいいわ。ただ、私との婚約はアレクを縛るものではないって、覚えておいてね」

とても聡《さと》い子だ。

デューイの立ち入ることのできない話が、二人の間で繰り広げられている。

「そろそろ兄様達が心配するから、行くね。じゃあね！　シルファ！」

「うん。また」

二人にとって、次の再会は遠いだろう。

王女であるシルファは、簡単に出歩くこともできない。今日は、ある意味特別だったのだ。

模擬戦を休み、王宮を抜け出したシルファは、この後、お叱りを受けるだろう。

もちろん、デューイもそれにしっかり付き合うつもりだ。

「デューイ。帰りましょ……デューイ?」

「シルファ様。行きたい場所がございましたら、また仰ってくださいね」

デューイの言葉にキョトンとしたシルファは、やがて「うん」と小さく頷いた。

国王陛下からの特大の雷を覚悟していたデューイだったが、特にお咎《とが》めはなかった。

国王の温情であろう。魔法を使うことのできないシルファの気持ちは、よくわかっていたに違いない。

お転婆《てんば》でありながらも、いろいろと背負い込みがちなシルファ。せめて少しでも、シルファの心が軽くなる手伝いをしたい。

デューイは、この小さな王女のためにできることをしたいと、改めて思った。

◆　◆　◆

その夜、アレクは夢を見た。
これまでに何度も見た、真っ白な空間。
いつもならここにオウがいるはずなのだが、今日は見当たらない。
代わりに、誰かが泣いていた。
声を押し殺すように、唸るように泣いている。
「――泣かないで」
どうしたの、と尋ねるより先にそんな言葉が出た。
泣いてほしくなかった。
胸が締めつけられるように痛い。
どうにかして、泣きやませたい。
笑ってほしい。
アレクに声をかけられて、泣いていた人物は顔を上げた。
しかし、顔まではよく見えない。
「……ひどい人。私のことなんて、覚えてもいないくせに」
責めるような言葉だが、口調は穏やかだった。

「彼は、あなたを大切にしてる。それこそ、命よりも。それなのに、あなたは彼を大切にしてあげないのね」

そこで、その人物がパン！　と弾けて霧散《むさん》していく。

アレクは驚き、息を呑んだ。

その人が霧散した先に、いつも通りオウが立っていた。

「とんだ侵入者だな……」

「オ、オウ？　あの人は誰？」

アレクが尋ねると、オウは小さく舌打ちをした。

「忘れてくれて構わない。あれは、幻想だ。亡霊なんぞにもなれやしない、単なる幻」

「幻……」

幻というには、あまりに鮮烈であった。

忘れることなど、アレクにはできないだろう。

「いいか、アレク。余計なことを詮索すれば、君が傷つくんだぞ。わかっているのか。私は昔、君のことを守っていた。今は君が真実を知りたいというから、それを一時的に解除しているに過ぎない。そこで、何もかもを招き入れてもらっては困る」

先ほどの幻が現れたのはアレクのせいだと言わんばかりの口調に、思わずたじろぐ。

ここは、謝罪したほうがいいのだろうか。

「あの幻を僕が作ったのだとしたら、ごめんなさい」

「……ああ、くそ、こんなことを言いたいんじゃないんだ。あぁ、歯がゆい」

ガシガシと頭をかくオウ。

いつもは儚げな雰囲気を漂わせているが、最近はその感情がよく見える。

「私は君を、守りたいだけなんだ……」

――それは、間違いなくオウの本心だ。

アレクのことを大切にして、アレクのことをずっと気にかけてきたオウ。

しかし、アレクはオウのことをよく知らない。

話してくれないから。

「オウはさ、僕のなんなの？　大事な人？　ひょっとして――」

僕、何か忘れてる？

それは、言葉にしなくともオウに伝わったらしい。

「――忘れてなんかいない。アレクは、アレクだ」

さあ、もう帰れと背中を押される。

すると、意識が浮上する感覚に見舞われた。

いつもと違うのは、泣いていた誰かの目を思い出すこと。
何か言いたげに、不満げに、ただこちらを紫色の瞳で見つめていた。
——そして、いつもと変わらない朝がまたやってくる。

1
追い出されたら、何かと上手くいきまして
OIDASARETARA NANIKATO UMAKUIKIMASHITE
原作 雪塚ゆず
Yuzu Yukizuka
漫画 紗月なびこ
Nabiko Sazuki
絶好調!! シリーズ累計9万部!!（電子含む）
実家追放→大ピンチ!!と思いきや…
みんなに愛される
幸せすぎな毎日到来!!
「おまえは家を出ろ」
王国が誇る英雄・ムーンオルト家の末弟アレクは、
実家から唐突に追放されてしまう。
それは人が生まれ持つはずのない彼の紫の髪と瞳が、
両親に気味悪がられ疎まれたためだった。
行くあてもなく彷徨うアレクは、
リリーナとティールという冒険者風の少女たちに出会う。
それを機に、閉ざされていた彼の世界は大きく広がっていく！
愛され少年のほんわかファンタジーライフ、
ゆる〜っとはじまります!!
大好評発売中!!
◎B6判 ◎定価：748円（10%税込） ◎ISBN978-4-434-28674-2
Webにて好評連載中！ アルファポリス 漫画 検索

月が導く異世界道中
Tsukiga Michibiku Isekai Dochu
あずみ圭
Azumi Kei
1~17
8.5
シリーズ累計200万部突破の超人気作!(電子含む)
TVアニメ第2期制作決定!!
月が導く異世界道中
あずみ圭
薄幸系男子の成り上がりファンタジー、開幕!
なんでだろう 親の都合で異世界へ
第5回アルファポリスファンタジー小説大賞読者賞受賞作!
持望の書籍化!
異世界へと召喚された平凡な高校生、深澄真。彼は女神に「顔が不細工」と罵られ、問答無用で最果ての荒野に飛ばされてしまう。人の温もりを求めて彷徨う真だが、仲間になった美女達は、元竜と元蜘蛛!? とことん不運、されどチートな真の異世界珍道中が始まった!
月が導く異世界道中
1
あずみ圭
木野コトラ
とことん不運、されどチート!!
29万部
2期までに
原作シリーズもチェック!
●各定価:1320円(10%税込)
●illustration:マツモトミツアキ
1~17巻好評発売中!!
漫画:木野コトラ
●各定価:748円(10%税込) ●B6判
コミックス1~9巻好評発売中!